本書由河南大學黃河文明省部共建協同創新中心資助出版

吴葆晋集

〔清〕吴葆晋 著

郭寶軍 點校

◎清代中州名家叢書

中州古籍出版社
·鄭州·

圖書在版編目（CIP）數據

吴葆晋集 /（清）吴葆晋著；郭寶軍點校．—鄭州：中州古籍出版社，2021．7
（清代中州名家叢書）
ISBN 978-7-5348-9489-3

Ⅰ．①吴… Ⅱ．①吴…②郭… Ⅲ．①中國文學－古典文學－作品綜合集－清代 Ⅳ．①I214.92

中國版本圖書館 CIP 數據核字（2020）第 227665 號

WU BAOJIN JI

吴葆晋集

出 版 人 許紹山
策劃編輯 馬 達
統 籌 劉 曉
責任編輯 高林如
責任校對 蘇曉園
裝幀設計 曾晶晶

出 版 社 中州古籍出版社（地址：鄭州市鄭東新區祥盛街 27 號 6 層
郵編：450016 電話：0371-65788693）
發行單位 河南省新華書店發行集團有限公司
承印單位 河南大美印刷有限公司
開 本 890 mm × 1240 mm 1/32
印 張 3.875
字 數 84 千字
印 數 1—1000 册
版 次 2021 年 7 月第 1 版
印 次 2021 年 7 月第 1 次印刷
定 價 18.00 元

整理說明

吴葆晋，字佶人，號紅生，一作虹生，又作鴻生，行十四。河南光州固始（今河南省固始縣）人。出身顯宦之家，曾祖吴用列，一作用烈，號牧伯，歲貢生，做過淇縣訓導，世稱『南長先生』。祖父吴士功，字惟亮，號淩雲，又號湛山，雍正十一年（一七三三）進士，由庶吉士散官改吏部，官至福建巡撫。《清史稿》卷三百九、《清史列傳》卷二十三、《漢名臣傳》卷三十二、《碑傳集》卷七十一等文獻均有傳記。父吴玉綸，字廷五，號慎堂，一號香亭，乾隆二十六年（一七六一）進士，官至兵部右侍郎，其生平行事詳見受業弟子錢棨編次的《香亭先生年譜》[一]，因錢棨去世，六十六歲以後部分由其本人完成。吴玉綸有子五人：吴鼎颺、吴鼎枚、吴鼎輔、吴俊民、吴葆晋。吴葆晋爲其幼子。

吴葆晋生於乾隆五十六年（一七九一）六月十八日，天資聰穎，好學不倦，深得當時先達器重。嘉慶二十三年（一八一八）恩科舉人，以國史館議叙知縣，改内閣中書。道光九年（一八二九）進士，殿試三甲。累遷内閣侍讀，京察一等，授江蘇蘇州知府，改知揚州，兼護常鎮通海道，督理揚州由閘關税務。『守揚六載，勵僚屬以廉，束吏役以嚴，試士以公，撫民以惠。士民感懷，爲公祀長生禄位，行時卧轍攀轅，焚頂以送，皆泣下。』（張錫圭《吴公傳》）調任江寧府知府，兼署江寧鹽巡道。咸豐元年（一八五一），赴清江浦，抵淮海道任，署按察使。咸豐十年（一八六〇），捻軍破清江浦，二月初一日，吴葆晋戰死，尸骸無存，享年七十歲。其生平行事具詳其外孫張錫圭所撰《賜同進士出身、誥授中議大夫、贈通議大夫、署江蘇按察使鹽運使、銜淮海河務兵備道、恤贈太常寺卿、世襲騎都尉、大祀昭忠祠、奉旨建立專祠吴公傳》中。

吴葆晋一生著述甚多，然『多銷沈於烽烟兵燹間』（《陳贇叙》），所存不多，故其集名爲《半舫館剩稿》。半舫館，乃吴葆晋書齋名；剩者，剩也。名其集爲《半舫館剩稿》，亦名副其實。有詞作一卷，名爲《半舫館填詞》，有《半舫館詩餘》，附於《剩稿》之后，凡三卷。此爲今日所能見吴葆晋著述的主要内容。

《半舫館剩稿》卷一凡十四篇，主要为朝廷公文，此當爲吴葆晋任内閣中書期間的著述，包括册謚、詔令、敕文、賀表、謝恩表、公啓等，陳贇稱此『高文典册，宏我漢京，是燕許大手筆』，此類文章駢儷典重，頗中規矩，然亦無多少新意。卷二凡二十七篇，主要是彈詞、銘文、序文、墓志、贊、賦以及詩歌之類的文體，陳贇評價云：『皆金科玉律，含英咀華，間亦秀媚，如時花美女。』然多擬作之文，賦得之詩，多爲與時人交游應和之作。《填詞》一卷，約三十首，陳贇評曰：『尤工詞調，或「曉風殘月」，或「鐵板銅弦」，莫不諧聲選色，猶想見省薇階藥唾珠揮玉時。』則婉約與豪放風格兼而有之。陳贇，福建長樂人，生而聰穎，性嗜學，年十五舉秀才，道光二十年（一八四〇)亞魁,咸豐二年(一八五二)進士。歷知河南沈邱、淮寧、固始等縣。因其曾做過固始縣知縣,與吴葆晋交好,其評價吴葆晋文章,雖有『公之道義、志氣足以彌綸宇宙,而發爲歌章,有不泣鬼神而驚風雨者乎』之類的語句,亦大致允當。

《半舫館剩稿》刻於光緒十一年(一八八五)仲夏,由吴葆晋外孫張錫圭等人籌措資金,金世哲及張錫圭子張廷誥共同校刊完成。收録於《清代詩文集彙編》第五百七十一册,此次標點整理即以此爲底本,將所附詞一卷排爲第三卷。對篇幅稍長的文章按照大意略作分段,前有兩篇叙文,分别爲陳贊及吴葆晋侄孫吴保泰所作,爲了區别,將題目命爲《陳贊叙》《吴保泰叙》。書後又有張錫圭一文,主要介紹此書刊刻的事情,原無標題,此名之爲《張錫圭跋》。又將目及與之相關部分材料附録於後,以便對吴葆晋其人其文有更多了解,按照叢書體例,名之爲《吴葆晋集》。

因筆者才疏學淺,對吴葆晋及其時代知之甚少,標點理解難免存在訛誤,敬請讀者批評指正。

【校記】

〔一〕錢桀編,吴玉綸續編《香亭先生年譜》,《北京圖書館藏珍本年譜叢刊》第一〇八册,北京圖書館出版社,一九九九年影印。

陳贊叙

余初束髮搦筆學爲文，先大父授以全閩試牘，且告之曰：『此故學使香亭吴公所鑒定也。先生爲固陵望族，以文章雄於時。其尊人淩雲公撫吾閩，有善政，至今父老能道之。而先生視閩學，尤以識拔寒畯爲急務，士之沐下風而丐餘光者，往往破壁飛去。此編評選精當，可以窺先生愛士之苦心，而所以嘉惠後學者至矣。』余聞而識之，不敢忘。

咸豐乙卯權固篆，始得識紅生觀察，公偉軀幹，善談吐，尤諳故實。時寇氛方熾，日以團練公事相諮商。退食之餘，偶以詩稿見示。讀之，磊落有奇氣，不類世之館閣體。詢而知即香亭先生之哲嗣也。益嘆家學淵源之説爲不可誣，而其詩之奇又無足异矣。久之，交益篤，意益洽，談宴時勸以著作付梓壽世，輒笑不答。丙辰秋，公入都時，余猶在固之糈局，往送，酒闌，公慨然曰：『淮海當賊之衝，危地也。丈夫以身許國，亦何所趨避。行與子别，獨無言以贈我乎？』余作而對曰：『公忠愛性成，后福未艾。他日優游緑野，當以小言附一品集中，藉傳姓字。』公笑而去。迨余再授固令，知公復莅舊疆，方冀得所藉手以抗賊氛也。未幾，竟殉袁浦之難事。聞贈太常卿，賜祭葬。逾年，公之令子仲詹護喪歸葬，出遺稿，問序於余。余受而卒讀，嘆其高文典册，宏我漢京，是燕許大手筆。而近體之作，又皆金科玉律，含英咀華，間亦秀媚，如時花美女。尤工詞調，或『曉風殘月』，或『鐵板銅弦』，莫不諧聲選色，猶想見省薇階藥唾珠揮玉時。蓋公之才，博如淵海，而浩然之氣又足以運之，故能驅召烟墨，左右逢源，各如其意之所詣而極之，發皆中節，不可以一格拘。生平著作甚富，多銷沈於烽烟兵燹間，此則其吉光片羽者也。自维謭陋於此道，未窺涯涘，何足以序公？又悔当年識公之晚，不獲以所疑者數質。今長已矣，悲夫！獨念文以載道，詩以言志，公之道義、志氣足以彌綸宇宙，而發爲歌章，有不泣鬼神而驚風雨者乎？惜以不世出之才華，未得獨當一面，賫志以没，千載下猶懔懔有生氣。讀公之集，益恍然於臨難致身、取義成仁者，其素所樹立者也，其夙有所禀受之也。豈僅激於一時之義憤使然哉！

余幸嘗登公之堂，慕公之才，嘉公之忠，而復藉公之文以傳姓字，故爲序，其崖略如此。

候補知府、固始縣知縣陳贇謹序。

吴保泰叙

保泰自道光癸巳應禮部試，得見叔祖紅生公于京邸。乙未報罷，留京讀書。時以詩文就正，公無不諄諄訓誨，而敦睦厚情尤難縷述，以是得屢上公車。迨庚子通籍後，常晏飲於公寓，各客分韵賦詩，皆推公學問淹博。都中名公巨卿，亦無不知名者。壬寅冬，丁外艱回籍。乙巳夏初，服闋入都，公即於是年六月放蘇州遺缺知府。以後雖音問不斷，而未獲親聆教言已十餘年矣！己未正月，余自閩視學回京，過袁浦，見公鬚髮全白，老境倍增，爲之凄然，詎知即於次年二月朔日殉難。夫爲國捐軀，光昭青史，而尸骸無歸，何其太慘！

光緒元年冬，張桓生表弟搜其遺稿，得若干篇，將付剞劂以示，保泰謹爲校正，歸之。夫刻先人遺稿，乃子若孫之事，今重煩桓生，保泰亦自愧矣！侄孫保泰謹識。

賜同進士出身、誥授中議大夫、贈通議大夫、署江蘇按察使鹽運使、銜淮海河務兵備道、恤贈太常寺卿、世襲騎都尉、大祀昭忠祠、奉旨建立專祠吳公傳有序

公乃錫圭外祖也。道光丁亥，先祖存之公卒於工部員外任，時先父丹如公甫十三歲。贅公家故，錫圭爲公所撫育。丙午錫圭年十四，亦失怙，母得痼疾。公祇先母一人，愛惜錫圭兄弟，以養以教，視孫尤甚。錫圭不肖，讀書未成，爲捐縣佐，俾博升斗以贍母。感恩無地，志切報劉，分應然也。公古文詞賦，久欽海内，每與錫圭言：文章一道，自漢唐而後，愈趨愈下。文或可觀，刊傳亦後人事。今恒自刻一集，甚無謂也。得稿故不甚什襲。迨殉難清江，行囊盡失，稿亦蕩然。幸有臧獲，携出一卷，雖存什一於千百，亦吉光片羽，擬付剞劂。錫圭何人，敢言序公之文，而侍公多年，善政偉績知之獨詳，謹叙公生平事迹，以與公之文詞傳諸不朽云。

公姓吴氏，諱葆晋，字佶人，號紅生，行十四。河南固始縣人，籍隸光州。先世江西瓦西壩人，仕於元，以武功顯。至文盛公，襲世職。明洪武初避亂，以白馬駝家譜，由江西遷河南商城之

金岡台。十世祖諱巍明，嘉靖乙酉舉人，再遷固始之張莊集。代以孝友耕讀，世其家傳。至自榮公，痛弟自顯無嗣，遺命同冢。自榮公生宏緒公，是爲公高祖，號力堂，廪膳生。曾祖諱用列，號牧伯，歲貢生，淇縣訓導，當世稱南長先生。大父諱士功，號淩雲，雍正壬子、癸丑聯捷進士，由庶吉士散館改吏部，仕至福建巡撫。父諱玉綸，號香亭，乾隆辛巳翰林，仕至兵部右侍郎，與千叟宴，賜靈壽杖。兄四：長諱鼎颺，乾隆庚子舉人，内閣中書，出嗣胞伯；次諱鼎枚，國學生；次諱鼎輔，浙江鹽運使司運判，借補西安縣知縣；次諱俊民，道光壬午舉人，工部員外郎，浙江紹興府知府。

公體修偉，多鬚髯，貌莊嚴，目極秀，心極慈，持身廉潔，秉性孝友，重然諾，不苟言笑。童年時謁先達，無不器之。天資穎晤，過目不忘，而好學不倦，自顔書室曰『半舫館』。雖揚歷中外，政事殷繁，暇輒執卷，寒暑無間。以乾隆辛亥生於京都宣南坊之横街。即大川店香亭公引夢書屋處。丁巳侍父香亭公旋里，嘉慶丙寅隨兄俊民侍母何太夫人之京師讀書，由國學生中式。嘉慶戊寅恩科舉人，旋以國史館議叙知縣。道光丁亥改内閣中書。己丑科中式，第九名進士，殿試三甲。奉旨以知縣即用，呈請仍就中書，充本衙門撰文。戊戌側室李孺人生子復官。庚子升内閣侍讀。壬寅子復官以痘殤，戚友無不爲公感傷。是年冬，京察一等。癸卯春，記名以道府用。乙巳五月，奏委赴刑部審案。六月，簡放江蘇蘇州府遺缺知府。十一月，授揚州府。公貌嚴重，部民擬爲包孝肅，皆望而生畏。接見時則藹若春風，故士民無不畏威懷德。是冬極寒，運河凍，糧艘不能行。公捐資雇船，率屬打凍，晝夜河干，鬚以呵氣成冰，不少休也。郡城俗尚繁華，婦女不事女紅。公倡捐廉銀三百，復勸寅僚巨室集千金，在平山堂下多種桑樹。頻年署内眷屬養蠶結繭數十萬，飭鄉保按户分給以勸蠶。由固始帶紡車式，仿置給民以勸織。淮南商獲私販，送官治罪，計案以饋，凡邏獲無得釋，其實悉愚民逐什一以謀升斗者。公曰：『刑罰所以佐教化，施之當，日殺百人，退而安寢。施之不當，一笞一杖亦不可枉，况有賂乎？』不受。終公任，以私販罹罪者絶少，而課無稍減。

丙午八月，先父丹如公卒於署，公哭之慟。挽聯云：『三千里同到天南，恰女嬃家近，昨曾一棹横江，斷雁驚秋，揮手那堪成永訣。七月杪先大夫爲公於役江寧，藉以省姊。十二齡相依日下，恨叔寶神清，只有廿年慰我，枯桐滴泪，傷心又爲撫遺孤。』先大夫丹如公諱恕銘，祗一姊，髫年再失恃。年十三先祖復見背，即欲携姊南旋。依胞伯叔，公不可，留贅公家。道光壬寅，先大夫補西城兵馬司吏目，清慎自矢，半載賠累三百。癸卯春，以疾引退。乙巳春，起病改甘肅縣丞。六月，公簡任江蘇，携眷隨公赴任，爲料理家政，從公，未嘗一日離。一朝永訣，公故傷痛如此。戊申夏，洪湖漲，高家堰叠出險工，諺云：『倒了高家堰，淮揚不見面。』運河幾決，奉檄開所屬之昭關、車邏兩壩泄水勢。裹下兩河地極窪，農田悉有土圍，防水患也。時稻將熟，開壩雖破圍衹傷禾稼，河决則淮揚悉成澤國。愚民無知，咸携農器爲兵，以繩纏竹爲銃，卧壩上以抗。拾磚石，瞥見吏役即擊之。水勢益甚，制軍檄德參戎督兵五百會公剿辦。比至壩，民仍卧守。參戎欲進，公曰：『是愚民知護田而不知法耳，必有土棍爲之倡，藉以斂資者。兵動則玉石不分，安忍使我良民悉罹兵刃，請緩。』須臾，復派幹役懸重賞，竟獲爲首者，民即解散，事獲寢。非公慈心鎮静，所傷必多，一轉移而保全無算矣！歲以水灾饑，詳請賑恤。公深知賑務之弊，取先賢所著《荒賑圖説》，因時就事，增損行之，不辭勞瘁，事必躬親，嚴勵僚屬紳董以將事，書役輩不能染指。其不肖者造危語，思中傷公，聞於撫軍，委員密查。公知之，坦然曰：『無論何事，總須任勞任怨方克濟，况賑爲民命所關乎！我盡我職，聽之可也。』無愠容。撫軍以委查轉知公實心任事狀，遺書慰勞嘉奬。公曰：『是吾責也，奚足异。』無喜色。汪洋大度，有古大臣風。賑畢，民無流亡者。

十月，兼護常鎮通海道，督理揚州由閘關税務。十二月改爲署理，交卸府篆。己酉，東壩决，大憲以委員屢辦無效，五月檄公帶印前往。堵築東壩，非公所屬。事經多次不能辦理，民視抗官爲常。壩上之民與壩下之民又情形互异。蓋壩上利在不築，壩下利在速築。既不可以督責嚴，又不可以撫勸弛。公先撫勸而後督責，寬嚴并用，悉中其要。壩歷百餘年無工程，無熟悉河務之人，無治河器具，恐調河工員弁兵役糜帑必多。即躬親董理，細心籌畫，不作大員氣習，櫛風沐雨，日往來於河干，事事核實，逾月合龍，民咸德焉。東壩經水後，潮濕甚，又值盛暑，烈日薰蒸，隨去幕友丁役無不病。回署，延醫爲之調治，皆愈。惟幕友章君病半載始痊，一家丁、一廚役受病過深，醫葯無效而卒，厚恤之。公以受暑濕亦病，雖醫葯旋痊而病根伏矣。七月交卸常鎮道并揚由關部篆。八月回揚州府任。庚戌二月，淮南綱鹽改行票運，實任都轉未能即來，鹽政以公在揚久，熟鹽務，檄公兼署兩淮鹽運使。南綱改票，便於民，而不利於鹽務之蠹。阻撓者衆，公排衆議，力任其難，南綱改票自此始。五月，實任都轉，來得瓜代，調任江寧府知府。公守揚六載，勵僚屬以廉，束吏役以嚴，試士以公，撫民以惠。士民感懷，爲公祀長生禄位，行時卧轍攀轅，焚頂以送，皆泣下。公亦凄然。

公母何太夫人，蘇州人。公之外祖何人龍公葬江都縣屬之寶塔灣。外祖母劉恭人葬甘泉縣屬之龍王廟。公抵揚，親往哭奠，置祭田二十畝以供祀事，爲立案勒石以垂久遠，請貤贈外祖何人龍公朝議大夫，如公官，外祖母劉貤贈恭人。

六月赴江寧府任。七月兼署江寧鹽巡道。十月交卸道篆。十二月以前辦揚州賑，加道銜。咸豐辛亥正月，簡放淮海河務兵備道。三月再兼署鹽巡道。六月交卸江寧府篆。守寧甫一載，而勵屬束吏試士撫民一如揚。七月交卸鹽巡道篆。八月赴清江浦，抵淮海道任。閏八月署按察使。具摺謝恩，履任後，首先整理捕務，嚴科窩主罪，盜賊潛踪。深知臬署吏積壓案牘，沿習已久，民受拖累，查出公守揚時三年前所上稟牘未批發者甚夥，嚴辦示懲。擇需次之精申韓者四員來署，清厘歷年積牘，應轉詳者、應批發者、應銷案者，均補行。計一月，案無留牘，立循環簿，示以課程，積弊遂清。州縣所上斬絞獄，必返復爲之求生，求之不得，動至漏下數十刻。過堂時詳細審訊，不肯任其背供也。廳事有聯云：『看階前草緑苔青無非生意，聽墻外烏號鵲噪恐有冤魂。』爲百菊溪先生陳臬時所留，公每指以訓錫圭曰：『作吏當時時刻刻存此心。我時時刻刻存此心，而所定讞獄猶不敢自信必無冤，抑人謂我不肯用刑，夫三木之下何求不得，細心審訊，自得真情。汝他日作吏當體此意。』公之存心仁慈如此。

壬子二月，大憲以白糧改海運，恐糧艘水手失業滋事，檄公兼署蘇松常鎮太糧儲道，辦資遣。公喻以大義，曉以利害，嚴禁幫官剋扣。水手得實領，喜躍而言曰：『吾曹有回家資，得見妻孥，我道憲之賜也。』五月交卸臬篆，七月交卸糧道篆。八月回淮海道任，時正興築豐北大工，河帥欲公往督其事。公前於東壩之役，受潮濕。夏間在蘇復受暑，至是，病不能往，遂留公防守清江浦。自豐工漫口，遍地灾黎，幅匪充斥，閭閻不静。文武大員悉赴豐工，惟公一人坐鎮，日夜力疾辛勤，以是得無虞，而疾因之益甚不能支，詳請開缺調理。癸丑五月旋里，閉門養疴，不與外事。甲寅粤逆遍江皖，公以世受國恩，疾不能報，捐資助軍餉。大吏以聞，奉旨優叙。公曰：『天恩愈厚，報稱愈難矣。』欲再起東山而疾不愈。丙辰赴清江就醫，疾獲痊。河帥以乏員奏請起病留工，坐補原缺，暫緩引見。得旨允准。時賊氛正熾，籌餉極難。洪澤湖自吴城七堡漫口後，黄河自豐工復決後，淤墊悉成良沃。公請仿古屯田法寓兵於農，令民開墾。大憲稱善，立湖灘、河灘地畝局，檄公總司其事。公酌古準今，令民領種。逾年奏效，得其資以助軍儲。復以此法行之海灘，海灘距清江遠，有武弁，多年私佃於民，擅其利，百計撓阻，鼓衆以抗。公請於大憲，參辦如例，事得舉。戊午上其事於朝，加鹽運使銜。三月赴都引見，蒙召見，垂詢南中政務。己未再補淮海道，道轄黃河廳五，曰：山安海防、桃北、海安、海阜、清水廳，一曰中河。自豐工復決，黃河已無工程，南漕停運，清水亦不緊要。公惟悉心於地方政務，并開墾以助餉。以清江爲南北鎖鑰，非城莫守，建議築城，言不見納。庚申皖捻竄清江浦，淮海道例駐安東縣。清江隸清河縣，爲淮揚道屬，非公轄境，僉勸公行，公曰：『普天之下莫非王土，安敢存畛域之見？且世受國恩，安所避？』出資募勇御賊，力竭被執，厲聲罵賊，弗屈。遇害時二月朔日也。

門丁李明，揚州人。家丁樊忠、王升均固始人。見公被刃，奮力前救，樊忠被殺，李明、王升均受傷被擄，後乘隙逸出。計賊踞清江十九日，被剿他竄。家屬尋公遺骸，已無存。詢之裹脅難民，僉云賊已投諸運河。公遇害之慘，不啻常山、睢陽矣。奉旨優恤，贈太常寺卿，世襲騎都尉，入祀京師及死難地方昭忠祠。同治元年壬戌四月二十一日，嗣子樹敏遵古碧葬例，以衣冠殮，與公配金淑人合葬於固始縣南鄉高廟集。側室李孺人，撫棺一慟而絕，即祔葬焉。戊辰，盧侍御士杰以公殉難清江死事慘烈情形具奏，蒙恩准於原籍及死難地方建立專祠。

公生於乾隆五十六年辛亥六月十八日巳時，殉難於咸豐十年庚申二月初一日巳時，享年七十歲。公配金淑人，係嘉慶壬戌進士兵部武選司主事、廣東番禺金公諱菁莪女。側室二。一旌表節烈，天津李孺人，一同邑張孺人。公無嗣，以兄俊民次子安徽候補、從九品、襲騎都尉樹敏爲嗣。樹敏娶道光壬午進士、陝西西安府知府、直隸徐公諱棟女。公女一。適嘉慶辛酉舉人、工部屯田司員外郎、江蘇山陽張公諱培誠子、西城兵馬司吏目、分發甘肅縣丞諱恕銘，即錫圭之父。孫二。履正，國學生，娶嘉慶癸酉拔貢、新安縣教諭、同邑沈公居瑞女。履康，國學生，娶同邑王公洛女。孫女三。一適甘肅寧州知州、山西張公德全子。一適國學生、安徽祝公丙堂子得貴。一適河南府經歷、江西萬公皋齡子福泰。曾孫一，從官。曾孫女二，俱幼。

論曰：公以世家華胄，世受國恩。承先人之遺訓，幼學壯行，志圖報稱，卒能臨難捐軀，完名全節，洵足報君恩而對祖父。朝廷褒嘉忠藎，酬以世官，公之子子孫孫長承雨露。子以專祀公之忠魂，億萬年永享蒸嘗。忠孝示於後人，勛名垂乎千古，公含笑九原矣！嗚呼休哉！

光緒紀元歲在乙亥菊秋，外孫張錫圭謹撰。

目録

卷一

卷　二

卷　二

附録 吴葆晋相關資料輯選……六四

卷一

册謚孝慎皇后禮成頒行天下詔文恭擬

朕惟坤極含章，典册紀觀型之媺；泰符乘運，宫闈資佐治之猷。修内職於椒庭，永貽淑譽；表徽音於蘭掖，懋舉隆儀。皇后佟佳氏德備璇閨，慶鍾瑶牒。月華闡曜，褘褕毓瑞於勛門；雲簡流輝，圖史徵型於世族。當俔天而作配，早叶安貞；迨應地以承庥，彌昭柔順。逮事皇考仁宗睿皇帝，恪恭盡禮，誠敬攄忱。珩珮雍容，每肅問安之節；蘋蘩馨潔，時殷追遠之思。上奉聖母恭慈康豫安成皇太后，善體歡心，深蒙慈愛。萱幃衍慶，職益謹於晨昏；芝殿延和，容倍彰夫愉婉。閱廿六年之久，内教克襄；溯十三載以來，母儀懋著。統宫庭而示儉，翟衣存浣葛之風；總嬪御以規勸，繭館及條桑之月。仁恩逮下，化啓螽麟；厚德褆躬，祥徵瓜瓞。聿協黄裳之吉，備揚彤管之芬。綜地道妻道以攸宜，爲宫中府中所共式。今道光十三年四月二十九日崩逝。眷惟懿範，洵符孝德之無愆；緬厥芳猷，悉本慎修之罔懈。夫議謚特隆其典，原非朕意所能私；而考行克稱其名，實屬群情所允愜。爰諮禮職，詳考彝章。祗告太廟，以本年七月二十四日册謚爲孝慎皇后。於戲！播遺徽於萬國，丕著嘉稱；垂令聞於千秋，亶昭奕祀。頒示天下，咸使聞知。

册謚孝全皇后禮成頒行天下詔文恭擬

朕惟乾元布化，爰資厚載之功；坤道含章，聿著順承之義。紀柔嘉於蘭掖，懿矩常昭；憶雍肅於椒塗，隆稱允協。皇后鈕祜禄氏鍾靈華胄，秉教璇闈。鳳軫揚輝，踐芳規於圖史；龍章作繪，彰雅範於珩璜。克嫻九御之儀，端莊表則；旋攝六宮之事，勤儉禔躬。溯膺命於慈闈，曼壽錫普天之慶；遂正名於中壼，徽音嗣應地之庥。上奉聖母恭慈康豫安成莊惠壽禧皇太后，悃竭敬誠，色彰愉婉。詔開芝殿，佐問安視膳以維虔；瑞藹萱庭，謹夏清冬温而罔懈。垂佩協温恭之度，德懋瑶齋；求衣同兢業之懷，治襄黼扆。星軒晨肅，禮隆繭館以條桑；月極宵澄，化洽睢洲而芼荇。耀光華於翬翟，葛覃留浣濯之風；敷仁惠於螽麟，瓞紹啓蕃昌之祉。嬪婦咸欽其碩訓，宫庭共戴以賢聲。洵内職之無違，蚤闡修之特茂。今道光二十年正月十一日崩逝。眷惟淑行，胥根順孝之忱；緬厥嘉猷，亶備醇全之德。夫典隆議謚，原非朕意所能私；而實足稱名，本屬群情所共愜。爰諮禮職，詳考彝章。祇告太廟，以本年四月初一日册謚爲孝全皇后。於戲！播遺型於萬國，尊式黄裳；垂令聞於千秋，芬流彤管。頒示天下，咸使聞知。

詔封琉球國世子尚育王爵文恭擬

朕惟珙球向化，藎忱膺丹綍之褒；　屏翰銘勛，世守席黄圖之舊。嘉象來之致福，久備藩封；　紹燕譽以承庥，式頒策命。爾琉球國，啓疆溟島，率職海邦。懋奕祀之經綸，奉中朝之正朔。中山王世子尚育，克承先業，丕茂嘉猷。繼堂構以維勤，奉幣琛而罔懈。效朝宗於碧澥，風静鯨波；　肅拱衛於紫宸，道通魚嶼。兹以序當嗣位，表請錫封，特遣正使翰林院修撰林鴻年，副使翰林院編修高人鑒賫詔往，封爾爲琉球國中山王。爾國臣民以暨士庶，其咸弼乃王。益勵恪恭，長延福祚。思其艱以圖其易，日修庶政以諴和；　勤於邦復儉於家，永矢一心而翼戴。纘箕裘於勿替，千秋垂駿烈之光；　鞏帶礪以久安，百世荷龍章之眷。故兹誥示，咸使聞知。

敕諭琉球國中山王尚育文恭擬

朕惟箕裘紹業，賫琛昭納款之衷；　屏翰敷猷，綸綍表酬庸之典。望鳳宸而翼戴，允篤忠貞；　涉鯨澥以朝宗，宜邀褒奬。式嘉燕譽，誕布龍章。爾中山王尚育志勵肯堂，情殷拱極。荷鴻儀之優賚，光焕彝盉；　迓鸞誥之殊榮，輝生帶礪。款闕請吏，使臣之禮節無愆；　航海來王，方物之翰將孔備。虔共聿著，敕諭載頒。并賜王彩幣等物，用昭申命，允答寅恭。王其益懋恪勤，長延祉祚。導群黎於輯睦，渥膺丹之扆崇。褒納庶政於修和，永效黄圖之翊贊。欽哉！特諭。

慶賀皇太后六旬萬壽加上徽號表文恭擬

伏以璇闈受嘏，翟衣垂姒室之模；寶籙迎釐，鶴筭演箕疇之策。麻凝禁籞，喜洽寰瀛。欽惟恭慈康豫安成莊惠壽禧皇太后陛下，懿德光昭，徽音懋著。壽齊嵩華，中天聯珠宿之輝；禧溥垓埏，薄海錫金穰之福。瞻鳳紀而升恒，共祝瑞集瑶池；晋鴻稱而尊養，兼隆彩揚璆册。含章有慶，祥雲焕藻於彤墀；衍祚無疆，陽月呈符於玉燭。洵難名乎博厚，早共效乎歌謳。臣等幸際昌期，忻瞻茂典。伏願萱庭熙愛日，九五福式，彰逢吉之徵；蘭殿藹春暉，億萬齡長，睹延洪之軌。臣等無任瞻天仰聖，歡忭之至。謹奉表稱賀以聞。

皇太后六旬萬壽加上徽號慶賀皇上表文恭擬

伏以至孝表尊親之義，合萬國以臚歡；崇儀恢福履之基，統八埏而介景。釐延芝寓，慶洽蘿圖。欽惟皇帝陛下繼述猷宏，顯揚德備。萱庭視膳，依愛日以長融；蘭殿問安，侍春暉而溥被。頌璇宫之燕喜，苞茂徵祥；晋璆册之鴻稱，珍符焕彩。一人有慶，奉瑶觴而上豫慈闈；十月爲陽，增寶筭而宏開壽宇。臣等忻逢盛典，敬展賀忱。伏願錫羨黄圖，并日升月恒而久照；延洪紫宙，聯嵩呼華祝以同聲。臣等無任瞻天仰聖，歡忭之至。謹奉表稱賀以聞。

謹奏册謚孝全皇后摺恭擬

臣等竊惟坤維宣化，黄裳叶元吉之占；泰策襄猷，彤管表安貞之度。紀瑶齋之儷則，象服攸宜；鏤玉册以舒華，龍章式焕。聿尊顯號，用闡芳型。欽惟大行皇后，地道含章，星符迓祉。禔躬勤儉，備四德以協中和；秉性柔嘉，統六宫而徵雍肅。荷璇闈之錫命，蘭掖承庥；垂珩佩以端容，椒庭正位。輝流翟鞠，上豫慈顔；勞習蠶桑，先親婦職。恭恪佐馨香之治，潔薦蘋蘩；寬仁裕福履之源，慶蕃瓜瓞。洵乎行昭順孝，久隆女則於中闈；德懋醇全，永式母儀於萬國。愴月靈之韜曜，茂矩常留；邀天語之揚徽，崇稱允洽。臣等恪稽彝典，祗奉綸音，恭上尊謚曰『孝全皇后』。伏俟命下之日，一切應行典禮交與該衙門。敬謹辦理。謹奏。

頒賞王大臣重刊康熙字典謝恩摺恭擬

奏爲恭謝天恩事。

道光十一年七月二十六日，蒙恩頒賞重刊《康熙字典》各一部，謹叩頭祗領訖。欽惟我皇上德啓苞符，治光謨烈。典學紹承乎祖訓，右文丕焕乎前徽。廣甄陶於虞琯，軒琴聖武，協止戈之義；辨體製於禹疇，羲畫大文，昭握鏡之輝。仰惟聖祖仁皇帝，鰲極恢綱，宸翰立千秋之標準；鴻編垂式，天章探六藝之淵源。在臣工纂輯維勤，已共仰玉笈瑶函之富；而卷帙流傳既久，或偶有魯魚亥豕之訛。皇上志劭承先，學精鑒古，特頒綸綍，重校篇章。溯原編一百一十九部之繁，六書攬其總匯；訂新義二千五百餘條而外，兩函集其大成。合籀隸篆以探書契之全，仰觀象而俯觀法統；正通俗以定象胥之準，作者聖而述者明。臣等寵沐恩榮，學慚考校。拜上方之賜，十二集同寶琳琅；讀中秘之書，四十臣渥叨雨露。從此光華復旦，寰瀛欽善繼之謨；更忻中外從風，壽宇洽同文之治。所有臣等感激下忱，謹合詞繕摺，恭謝天恩。伏祈皇上聖鑒。謹奏。

頒賞王大臣《平定回疆剿擒逆裔方略》謝恩摺恭擬

奏爲恭謝天恩事。

本月初一日，蒙恩頒賞《欽定平定回疆剿擒逆裔方略》各一部。臣等謹叩頭祇領訖。欽惟我皇上治洽重熙，功昭七德。握瑶鈐於全勝，吉叶師貞；懸金鏡於先幾，輝周離照。鳳掖耀紅旗之彩，聲靈早赫若雷霆；鴻猷臚青纂之編，典册益光如日月。曩者寰區嚮化，遐裔速辜。維張格爾之逆酋，蹈霍集占之覆轍。遺孽煽花門之種，蟻族潛奸；邪氛彌葱嶺之烟，狼烽告警。皇上璇樞默運，金印遥頒，特簡元戎，俾除大憝。壯中權之雕鶚，萬里揚威；進兩路之貔貅，十條授策。偏師破壘，渾巴什已振先聲；勁旅搴旗，柯爾坪旋馳捷報。窮樹窩而轉戰，鶩鼯方窘於叢林；度戈壁以歡呼，飲馬忽逢乎甘水。洋阿爾巴特合圍之鳴鏑如飛，沙布都爾莊逐北之銛矛再奮。聯三戰而速逾月捷，復四城而迅媲風馳。但看尉頭温宿之間，壺簞競獻；頓使疏勒莎車諸鎮，衽席重登。凡兹戰績之恢宏，悉本宸謨之遠大。於是親裁批答，載示韜鈐。俯軫瘡痍，頒十行之温詔；務除苞蘖，勵群帥以殊勛。鬼蜮潛謀，賊黨正銜枚而入；鯨鯢净戮，我軍齊縱轡而馳。臘鼓春喧，征鐃秋肅。三軍奮進，直虜樓蘭。萬騎傳呼，生擒頡利。欃槍隕曜，先期昭奏捷之符；閶闔當陽，吉日肅獻俘之典。告成天祖，秩雕俎以明禋；歸美尊親，上璇闈之徽號。丹翰麗星雲之色，太學刊碑；珠邱虔霜露之思，陪京駐輦。爍今震古，銘勛鐵蓋之山；懋賞酬庸，紀績紫光之閣。此更由我皇上智勇天錫，剛健日新。自軍興以迄凱旋，授筭悉操夫必勝；由命將以逮勞士，敷言胥本乎至誠。惟盛朝耀德不觀兵，而聖人居中以馭外。緬昔蕩平準部，曾瞻巍焕於琅函；維今耆定回疆，敬繹機宜於寶帙。仰一人之善繼善述，瓊編傳宵旰之心；合八埏而同軌同文，瑶簡著升平之績。兹者雁臣奉表，浩罕來庭。馬邑通商，邊陲永靖。臣等夙欽駿烈，瞻洗甲於銀河。共荷鴻恩，邀賜書於彤陛。帝德備乎聖神文武，八十卷方策昭垂；天威震乎南朔東西，億萬年共球翕集。幸鵷行之沐寵，捧珠韜而窺安。民和衆之經，頌鰲極之覃。熙望金闕而慶，梯巘航瀛之會。所有臣等感激下忱，謹合詞繕摺，恭謝天恩，伏乞皇上聖鑒。謹奏。

頒賞王大臣《平定回疆戰圖》謝恩摺恭擬

奏爲恭謝天恩事。

本月初一日，蒙恩頒賞《欽定平定回疆戰圖》各一分，臣等謹叩頭祗領訖。欽惟我皇上道協蘿圖，功昭棡鼓。啓龍韜而宰化，發九天九地之機；揚虎準以銘勛，宣四正四奇之略。日月炳紅旗之色，天戈迅掃乎欃槍；雲霞臚玉檢之藏，宸翰益光乎金石。仰惟高宗純皇帝，蕩平回部，耆定新疆。熊盾貔干，早著機宜於金簡；鵜林鰈水，久欽巍焕於瑶圖。我皇上功紹十全，威宣九有。無遠邇畢輸忱悃，有血氣共戴尊親。乃張格爾之元凶，蹈霍集占之覆轍。借和卓以熒聾俗，憑浩罕以熾狂氛。利自逞其磨牙，罪難窮於擢髮。於是特申天討，默運神謀。簡勁旅於三韓，選雄材於八校。以師畢會，徵兵者三萬有奇；我武維揚，卜期於二月初吉。偏師奮志渾巴什，首試銛鋒；副將先身柯爾坪，立摧堅壘。洋阿爾巴特飲萬馬以聲歡，沙布都爾莊殪群狼而氣阻。進攻阿瓦，火牛之怒焰驚天；直搗喀城，霜騎之寒威匝地。收玉河而重登版籍，雪净旌麾；跨鐵蓋而生縛渠魁，春回鐃鼓。吉日敬受俘之闕，群欽天子當陽；清秋張奏凱之筵，咸頌聖人曼壽。凡此震古爍今之烈，聿彰修文偃武之規。前茲方略成編，鴻章韜玉；此日苞符繪彩，象物鐫銅。丹青傳宵旰之心，四方來賀；蒼赤被升平之澤，萬福攸同。臣等欣侍瑶墀，叨頒瓊帙。榆關不隔，同沾雨露之恩；芝檢常新，更賁星雲之彩。鷺序沐賜書之寵，遠逾禹甸球琳；龍章摛作繪之華，恍睹虞階干羽。繹大文於十幅，展鸞函而瞻緑書赤字之輝；頌郅治於重熙，仰螭坳而歌《朱鷺》《白狼》之曲。所有臣等感激下忱，謹合詞繕摺，叩謝天恩，伏乞皇上聖鑒。謹奏。

阮芸臺節相授大學士内閣漢票簽公啓

伏審丹綍尊賢，黄扉正位。外闔冠中朝之望，槐籙徵祥；經生儲名世之猷，蘿圖翊運。衮衣頌孅，華紱騰歡。竊以韋賢以大儒秉鈞，温公以史才作相，廣平則詞章特著，歐陽亦金石旁搜，况當同天稽古之朝，益重味道含經之佐！泰山之雲千里，實雨九垓；文昌之宿六星，尤崇四輔。八州作督，昔賴參知；一德孚天，今膺真拜。吉日忻聞夬命，寰瀛同仰乎泰符。恭惟宫保中堂老夫子，學際天人，道徵苞籙。秉四十年之節鉞，草木知名；延八九葉之門墻，斗山正色。蓋自《木天角賦》，早冠群仙；藜閣讎書，遍探四庫。既鑾坡之超擢，復玉尺之連持。惟帝知人，特畀儒臣以旌節；惟公好學，敬敷聖德以《詩》《書》。歷十二連帥之班，勛覃鰲極；總三千禮樂之選，文富龍門。本訓故以窮經，纂字書均書爲一册；即輪輿而考制，箸《輈解》《革解》之八篇。樂石吉金，炳鴻章於十事；明堂路寢，厘象法於三雍。六書探籀隸之源，北碑南帖；兩藏縝縹緗之色，浙水焦山。勾股精而糾薩利之非，圖志備而證桑酈之誤。溯宣聖文言之體，風倡選樓；刊《皇清經解》之編，星羅策府。奇搜石畫，山靈服品第之精；説借金繩，塔性悟藏修之密。育衿佩於東南行省，宏開學海之堂；泯畦町於漢宋專家，肇立儒林之傳。《揅經》四部，編一品而軼美贊皇；獻書百函，佐七閣而賜名《宛委》。凡此文昭黼黻，咸瞻舜陛《卿雲》；因之績懋封疆，時沛傳岩霖雨。智縣燭照，先諮屬部以桑麻；恩貸木饑，速挽鄰圻之粟米。六章霜準，察誣壅以平反；百縣泉廉，擢循良而撫字。日月寬市關之榷，泉陌贏籌；風雷生裘帶之威，炮臺殲孽。護貨船銷其狙詐，豫操通市之權；鋪地錦妙其乘除，創製量艙之尺。薦長城之一將，威震滄溟；新廣厦之萬間，澤流鏁院。他若禱霖禦火，胥驗蓋謨，以至鹽井銅山，備昭碩畫。三疊聽鶴來之奏，曾紀宜園；雙歧彰麥瑞之符，不陳當宁。乃勛業久孚乎黼扆，遂姓名允卜於金甌。郭圻馭海外，百蠻仍留牙。肅韋皋服滇南，諸部俾壯鈞衡。台鼎初延，介珪載覲。因亮功而錫祜，壽祺居五福之先；以述職而衡才，榮遇極千秋之盛。侯芭白首，重爲新綱之珊瑚；裴格紅綾，半是數傳之衣鉢。雲呈五色，知永叔之登賢；露湛三霄，送建封之還鎮。萬里絶烽烟之警，開府年深；　三邊多雅管之聲，宣風地廣。富鄭公弭灾最速，被野千圍；　馬伏波防界恒嚴，擎天一柱。雖輿情俯鑒，暫容寇借於南邦；　而幾務時塵，深倚房謀於中禁。兹者眷隆内召，位晋端衡。計節樓聞命之時，正海屋添籌之會。平格洽壽朋之慶，甄寰宇以和甘；　辨章資儒相之勛，統中樞而喜起。通經杜佑，會邀呼字於綸音；　離席王商，早遂依光於黼座。等〔一〕禮修賀笏，謹循綿蕞之官儀；　職備典簽，竊聽皋比之經訓。記摳衣於前歲，相采同瞻；　慶頒詔於中天，衆情允協。仰駿烈而楓宸永賚，功崇廿四考中書；　效鳧趨而樾蔭長依，祉茂百二旬上壽。謹啓。

【校記】

〔一〕此字前有空格，或爲『某某』之名。

琦静庵節相授協辦大學士内閣漢票簽公啓

伏審丹綍尊賢，黄扉晋位。平章就拜，星雲開三輔之祥；　夾輔爰資，霖雨冠百僚之望。簪纓騰慶，箕畢攄愉。竊以重熙累洽之朝，必有集蝦翔機之佐。碩輔揚徽於雀籙，名賢炳爍於魚璜。矧當治懋登咸，益見任隆燮理。簡重臣而爲名相，道契金甌；　即外閫以位中台，勛調玉燭。

景蘿圖之翊運，忻槐籙之增華。恭惟中堂老夫子，戟閥承輝，鼎門濟美。衍國恩於棠笏，帶礪功高；紹世範於芝楣，弓裘澤遠。葆佛心爲根柢，抱利民濟世之懷；本儒術爲經綸，具武達文通之略。當夫雲司奏績，霜憲持綱。徵明允於丹書，案無留牘；仰清嚴於金正，廊有比盤。華資領通奏之班，朱閣署清卿之號。方歷升階於中秩，遂膺巽命於外臺。豸服崇儀，柏府守綱曹之舊；鴻溝敷化，棠陰觀臬事之詳。嗣移旌於笛步瓜洲，功崇屏翰；旋駐棨於夷門艮岳，和釀藩垣。暖風入鼓角之聲，八騶赫奕；旭日煥翎毛之飾，三錫便蕃。李愬之累世擁旄，方斯已隘；荀羡之壯齡杖鉞，比此猶慚。汴水濰川，數睹廉車之往返；蔡南齊右，普聆循碣之歌謳。更頒優旨於中宸，遂撫編氓于東國。往者白波含蜮，蒼卉藏鴟，公則燭炳先幾，欃銷未焰。術窮斗米，莽已伏而能芟；謀豫突薪，孽將興而遽遏。識黼衣之坐鎮，民望攸歸；際銀甌之入陳，天顔有喜。五百年名世安良而八表恬熙，廿四考中書課最而一人倚畀。肆覃茂賞，用畬顯庸。制梱銜加，上方珍賚。荷連圻之寵命，澤沛三江。彰籌筆之殊勛，雲翩六纛。入趨仙掖，丹毫書天上絲綸；出掌神倉，白雪擁寰中秸秷。大旗四莅，遍榮東魯之松；舊部重臨，能識西門之柳。絳節方來夫青岱，碧油又引於錦江。郭圻馭海外百蠻，本行邊之令肅；韋臯服滇南諸部，更治蜀之功多。開府年深，名重於郭南韓北；建牙地廣，澤均於楚尾吴頭。頻兼六印之繁，屢轉八州之督。惟聖心廑夫三輔，爲交會風雨之區；以公望震于九邊，實表裏山河之寄。鸞幢春煦，宣猷而洽茂神京；虎帳秋森，練武則威張勁旅。撲潛蝻于未孽，稼似雲多；除害馬以維嚴，吏行冰上。六祈輟沴，祥揚騰麥瑞之輝；三汛安瀾，德水謐桑乾之派。鑾輅歲經夫畿右，扈豹尾以揚仁；玠圭時見於禁中，對螭頭而述職。爲民造福，灌薄海以醍醐；惟帝念功，畀元臣以鈞軸。值金穰之告慶，詔下清秋；睹黼彩之臚歡，論乎華夏。輔臣之兼節度，只有蕭嵩；少年之侍殿廷，咸推陸贄。三能齊色，獨輝于上相女星；四岳興雲，仍督于中書行省。待千秋之入相，需緩垓埏；留萬福於名疆，花明旌節。等〔一〕叨依省户典簽，交怍於菲才；幸附門墻賀笏，得循夫故事。華蓋之承八柱，先受帡幪；黄麻之似六經，喜聞册誥。凫趨未遂，有懷東閣之摳衣；虎拜非遥，正眷北門之留管。映紫薇而橐筆敬陳，銘庸贊嫩之詞；繪金帶以成圖永瞻，馳譽宣威之烈。謹啓。

【校記】

〔一〕此字前有空格，或爲『某某』之名。

琦静庵節相授大學士内閣漢票簽公啓

伏審正鼎酬庸，宣綸籲俊。神畿千里，榮揚夾輔之勛；華蓋一星，端列中能之位。歡騰簪笏，慶篤鈞樞。竊以祝融主治於南，式推軒佐；　仲虺相朝爲左，允匹阿衡。進太傅於司徒，漢崇金紫；　轉侍中於政府，唐寵銀青。況當重熙累洽之朝，益重建福均禧之佐！望崇霖雨，九垓沾兑澤之膏；　位冠名山，四輔衍泰階之策。八州作督，昔賴參知；　一德孚天，今膺真拜。咸瞻槐籙，益聳蘿圖。

恭惟中堂老夫子，黼黻翔華，丹青斟化。秉廿年之節鉞，草木知名；　紹奕世之弓裘，鐘彝濟美。蓋自粉署試官之日，即占黄扉翊運之才。應列宿以宣猷，近太微而執法。白雲秋冷，協敬典於綱曹；　紅日冬温，式祥刑於金正。赭衣無犯，群推定國之詳平；　銀匭攸司，咸佩君回之亮直。惟帝有好生之德，鉥哉象刑；　以公有折獄之才，榮之豸服。梧像驗精誠之感，三尺麟昭；　棠陰聆歌頌之興，兩河凫戲。藩垣春藹，初興方岳之雲；　棨戟風清，只飲建康之水。旋移旌於古汴，遂開府於大梁。銀章兼鵲印之提，建牙有赫；　翠羽益貂冠之飾，章首彌尊。數往來於濟水漳流，白叟迓鳴騶之隊；　屢馳驅於中嵩東岱，蒼官銘遹駿之猷。會彩綖之匿奸，將青齊之肆憝。公則犀然燭怪，豺縛聯群。玉壘無驚，燹全銷而莫勞鵝鸛；　黄巾不競，孽未興而已化鯨鯢。合萬井以恬安，荷九重之褒奬。列之上考，綺函頒中禁之珍；　畀以崇銜，華鼓受連圻之命。江南江北，齊瞻正色梁公；　雙節雙旌，群艷少年荀羡。復依光於秘閣，第一峰人在蓬萊；　更奏績於神倉，五百里賦登秸秷。碑會三至，又停蒙繹之驂；　珠亦重還，再泛濰淄之鷁。洙泗萃三千禮樂，東魯攀轅；莋龍憚數萬甲兵，西川轉旆。韓思彦厨傳飲乳，莅益州而化洽行春；李贊皇樓建籌邊，治劍南而勛昭函夏。屬以上都拱極，特召元臣，右輔宣風，方資太保。扇祥和於六纛，葭野民謳；象翼衛於三垣，節樓天近。豫銷螭種，闢萬畝以栖糧；精練虎賁，整三軍而鳴箭。獄無大小，必予平反；吏有循良，立膺薦擢。茂先决算，能持財賦之平；王景浚川，久熟河渠之略。帝思補衮，金甌書從愿之名；人咏和鸞，銀信趣鄰侯之覲。拜宗道真除之敕，楓陛恩渥；捧建封還鎮之詩，柳營氣盎。蓋自公來畿輔，而四秋歲報金穰；更自公位台階，而六幕時調玉燭。郊圻申畫，金門翔糺縵之雲；閭里清怡，蒼甸沃平章之雨。功圭入告，先秋疏易蓟瓊瀾；軍艦飛來，剋日挽東南玉粒。扈翠華於桑野，屢被温顔；陳白簡於松扉，每邀優旨。肆嘉丕績，爰晋端衡。臚歡聆喜起之歌，申命值中和之節。仲華通籍，未十年已至公卿；李福垂勛，歷七鎮而爲使相。東序之球鍾齊譜，方待皋揚；北門之鎖鑰猶資，仍俞寇借。和畢箕於指掌，永倚長城；俾周召作股肱，尚兼分陜。不比夷吾江左，遠隔廉車；直同仲郢東都，常親香案。

等〔二〕夙依樾蔭，思遂階趨。載聽懷音，忻符陛選。官儀沿漢，并驤首於龍門；相采瞻韓，久齋心於鱣座。仰制書之雲爛，延洪開三輔之祥；伫温室之日襄，平格贊一人之治。謹啓。

【校記】

〔一〕此字前有空格，或爲『某某』之名。

伊莘農節相授協辦大學士内閣漢票簽公啓

伏審鳳閣調元，龍章錫命。台階星朗，縵雲輝一品之衣；旌節花明，霖雨潤八州之版。紱紳騰慶，鼐鼎增華。竊以斟樞闡繹之君，必有集蝦翔機之佐。碩輔揚徽於雀籙，名賢炳熾於魚璜。矧當洽焕重熙，益見勛孚一德。簡重臣而爲名相，秩峻三公；使節度而同平章，歡臚六詔。允洽蒼黎之夙望，咸瞻黼黻之新猷。

恭惟中堂老夫子，戟閥承輝，鼎門濟美。胸羅萬籍，通天地人曰儒；氣備四時，兼智仁勇之事。蓋自桂榜題名之日，即占松扉翊運之才。春到瓊林，咏『紅杏枝頭』之句；香生玉笋，誇朱櫻宴裏之仙。俎豆莘莘，正簿則必先其器；圭璋岳岳，造士則咸當其才。青衿并坐於春風，楷留黌序；赤蓋初敷乎甘雨，澤沛昆州。器重彝盉拔茅，早荷祁奚之薦；裝輕琴鶴還甚，同推趙軌之廉。滇池題別駕之輿，緋魚玒日；越睒迓使君之旆，竹馬驂風。青綬銀章，奏績早書乎常帛；玉泉羅木，懲頑遍掃乎棘巢。會當小甸之匿奸，潛入騰衝而伏莽。公則沈幾早燭，圍棋而已縛狼群；大憝生擒，開網而仍歸兔窟。香焚鈴閣，銀匭推賢。詔出鑾坡，緹油晋秩。繼以青蛉燚警，紫騮塵揚。蜮射影於白波，鴞流音於蒼卉。公也飛書倚馬，運籌隨都尉之營；列陣蟠蛇，贊鼓蹴嫖姚之騎。鳴鳳卧龍之穴，仗劍宵征；奇[二]六窠之山，盤碉直上。氛澄玉塞，銀河浣雪練之光；虐靖赤丸，銅柱勒霞標之字。奏凱方昭夫駿烈，酬勛遂畀以虎符。五褲興謳，桓司馬龍山望重；雙歧競秀，謝將軍牛渚才高。姓名久録於丹屏，儀表新彰乎赤舄。敕監司於晋水，湛露三霄；仰行部於偏關，福星一道。羽鳩得歲，慶四秋之瑞報金穰；角豸巡方，莅兩浙而憲昭玉律。肅柏臺而讞獄，明慎如秋；鏤梧像以求情，薰胥立雪。藩垣春藹，初興方岳之雲；棨戟風清，只飲武昌之水。鶯柳泛西湖之鷁，珠又重還；虬松停古越之驂，碑原三至。既作三邦之屏翰，更搴十部之幢幡。李愬之累世擁旄，頻膺肱寄；馬燧之十連授鉞，猶遜膚功。槐里杜陵，戎閫壯山河之氣；龍頭豹尾，節樓飛鼓角之聲。趙儼方移旆雍凉，王恭又鳴騶青兖。惟帝心以邊陲爲重，知公望爲華夏所欽。王建方之制松鑾，威播東川劇鎮；麥良通之服花馬，勛垂古徼長城。開府年深，邁嘉績于北韓南郭；建牙地廣，沛醲恩於金馬碧鷄。聿總師干，爰遷制梱。連圻新統，遍榮南國之棠；舊部仍臨，久識西門之柳。吏館有晨飢之鶴，冰凛群僚；市閭無朝飲之羊，烟融萬井。龍門育俊，萃三千禮樂之徒；虎帳搜英，備百萬甲兵之選。銅山鼓鑄，府裕流泉。鹽井綱輸，舟輕飛雪。爲民造福，灌薄海以醍醐；惟帝念功，覃元臣以綸綍。

五百年名世，宣仁而八表恬熙；廿四考中書，課最而一人倚畀。巽命值中和之節，名卜金甌；泰符聆喜起之歌，頌彌丹徼。所謂天下宰者，内既倚於房謀；無以我公歸兮，外仍從於寇借。待千秋之入相，槐籙徵祥；留萬福於名疆，蘿圖贊化。某等叨依省户，典簽交作於菲材；幸附門墻，賀笏得循夫故事。華蓋之瞻依在斗，先受帡幪；黄麻之典重如經，欣承册誥。凫趨未遂，金相識鱣座之尊；虎拜非遥，銀信佇鸞和之覲。愧鴻文於蘇賈，願譜上公太保之詩；企駿采於皋夔，敬陳聖主賢臣之頌。謹啓。

【校記】

〔一〕此字前尚有一字，似「口」「曰」「日」字，難斷，存疑。

卷　二

擬沈休文《修竹彈甘蕉文》

渭川長兼淇園貞幹臣修竹稽首：

臣聞《易》筮進賢，茅茹拔彙。傳贊除惡，草蔓難圖。自來童粱宜薅，野蓬必翦，未有任其宗生族茂者也！竊尋蘇臺前甘蕉一叢，植根得地，布蔭障空。希榮惠風，幸澤溥露。足能衛而黨類漸滋，心雖抽而包藏不測。僭壓衆馨，陰遏萬絲。延訪所及，屢有風聞。猶謂薰蕕殊用，良楛必察。

今月某日，有臺西階澤蘭、萱草，詣園并訴，自稱：『質慚艾正，節比葵傾。德輝溥照，不遺小草。今月某日，泰鴻啓鑒，羲和御轡，光天之下，曦景咸燭。而甘蕉僞擬英雲，潛蔽霽彩。空谷無負暄之樂，弱質有向隅之泣。』臣乃攝甘蕉左近杜若、江蘺，窮本詰末，悉無枝辭。竊尋甘蕉，名紀芭苴，品譏薈蔚，炫緑衣之間色，异黄華之清芬。扶荔宫裏，昔嘗濫竽；華林園側，亦曾干禄。不雕無君子之節，如醴爲小人之交。乃復差池其臭，味雜糅於棘槐。莓苔鮮同岑之契，菁莪戢育才之歌。遂使忘憂之花，未膺蘋薦；同心之臭，自嗟桐枯。苟非速爲芟艾，誠慮腓彼夭喬。請以見事，斥之臺外。遂郊移根，錡斧翦葉。庶令陽回黍谷，善培芝苑；用懲桀莠，并勵群芳。

擬陸佐公《新刻漏銘》并序

夫土圭測景，陰霽之晷難齊；珠杓指辰，甲乙之夜未析。懸壺序槖，昔人肇建，銅史司時，金仙報曉，以匣短長，用區明晦。星官之書漸佚，邃古之制寖壞。截筩乖律，訪桐失閏。張衡第垂轉漏之法，桓譚徒職典漏之郎，公孫卿徒創議於晷儀，東方朔但志刻於飲酎。盈懷之錦，虚傳崔駰之銘；徑寸之珠，止擅陸機之賦。陰蟲獨藹，逞厥才思。刻鼓辰鐘，罔稽物範。斯固疇人所無從徵，挈壺所不克正也。

方今官漏，製自山陰。金壺舛模，珠流愆候。疾紓不齊，贏縮多忒。皇帝秉神睿之姿，懋欽若之德，鳴鳳龤律，飛龍乘陽，御宇五載。闡茂紀歲，寎月熙春。九服清怡，三靈和晏。堯樽濩膏，舜琯篤祜，帝乃敞鑾殿而斟元化，眺靈臺而辨雲物。顧瞻刻漏，陳於階戺，曰：『斯即孔壺浮箭，軒轅氏之所以考中星者乎。』乃敕史官，丕作新漏，敧器貢型，衡渠導派，昏旦無差，水火常守，制妙萬物。軼有夏之鑄金節判六時，等太皞之推策。天監六年，太歲丁亥，十月丁亥朔，十六日壬寅，漏成進御。式協閎奄，水適渟瀉。用以衡量，嘉序均分，華歲每當。鰲禁晝綿，鼉更宵警。遠近遞響，高下注波。寢興之時既壹，啓閟之節斯準。規圜矩匡，體陽象陰。卓哉，煌煌永世之懿則也！

昔孔甲著柈杅之誡，周武寶席杌之箴，雖日用微小，猶貽典籍。矧夫聖隆巨製，仰配乾運，俯鑒坤模，經緯浚流，圭撮積算。同律之正，侔勛於中天；石鈞之和，媲則於王府。豈可使銀繩玉檢未勒登封，金棱郊寶不頌俊烈也哉！爰詔小臣爲其銘曰：

乘時惟帝，憲天惟聖。貞元代嬗，蚤旦肇定。驗以挈壺，朗若握鏡。七曜既位，四序攸正。炎帝調朔，文命惜陰。寶籙遞受，典物必欽。帶礪數易，矩矱難尋。絫黍差算，投籤訛音。我皇踐阼，遠人賓闕。洽光璣衡，化溢甌越。瀛桑浴暾，砌蓂匝月。貯水有常，承流不歇。玉虬詳時，銀蟆諳度。翠瀾目疏，銅花腹互。天鷄嘂晨，爥龍煜暮。漏不輟聲，籌無停步。星圓漸臺，瀑直疊峴。無舒無遲，亦奥亦顯。雲蓋葩蕤，風竿鈴轉。八節猶厘，六氣尚辨。矧兹偉造，上侔元功。氣協海表，日遲壺中。永燮玉燭，長鳴璇宫。守之有則，傳之無窮。

送同年黎見山大令之官麗水序

東風花縣，循吏下車。秋色楊絲，故人贈策。烟衡野以無極，泉出山而愈清。黄葉一鞍，碧雲雙舄。天涯宦况，日下離懷。吾友黎君見山胸有智珠，垂無息版。研六觚之數，一時無雙；窮三篋之編，十事對九。士衡入洛，競爽棣蕚。長謙鈔書，縱觀藜閣。遂以科名之草，與分保障之符。或謂磽确之區，邊隅之壤，錦雖學製，終不爛然，緌縱初縣，何堪蕞爾？余則謂斤斤沃瘠，見山無此世情也。鬱鬱巃嵷，見山樂斯勝境也。原夫右軍突星之瀨，謝公佇月之樓，隋置栝蒼，唐名麗水。松源鱗接王伯厚之流風，青田奄鳴劉文成之故址。況見山藉椿庭之遺愛，芘蓬户以深仁，惠尚在民。賢哉有子！雙歧麥瑞，猶是春暉。四野棠陰，盡涵先澤。當夫放衙鼓静，劭農興閑。蓑笠皆入畫之人，峰巒有出塵之致。此邦無訟，此山多奇。清風入琴，野雲張蓋。税郊則甘雨酣夕，栖磴而廉泉漱秋。亦足略暘素襄，逖尃嘉惠。君其行矣，僕何言焉！雖然，醽醁滿樽，别離最苦；芝蘭一室，臭味難忘。聽《欸乃》于寒潮，訊平安于舊雨。謂鮑漱泉、高巳生兩廣文。指燕臺之明月，遺我雙魚；頌浰水之陽春，從之五馬。

高巳生廣文《白雲親舍圖》序

碧湖春餞，采采芳蘭。金臺日銜，匆匆行李；烟寒翠堞，塵黦斑衣。天有涯而草寄當歸，秋未來而燕傷如客。不堪聽遠，玉笛愁深；最是思親，青衫泪濕。則有具區詞伯，渤海璧人，門對峴山，家傳詩窖。聲清鳳子，就外傅十二齡。香屑蘢賓，鈔奇書八千紙。況復孝孫有慶，大母長生。橋垂蔭以庇身，萱忘憂而樹背。春夢一池草色，秋容四壁湖光。書史雪其聰明，烟霞饒兹供養。而乃客星速駕，琴彈送遠之音；愛日依輝，笋飫離鄉之味。此《白雲親舍》一圖所由作歟。

當其錦堂辟珥，玉樹齊肩；夕膳鱖肥，晨羞粳熟；芹香着手，潔勝白華；鞠醖介眉，馥逾丹藥；萃龍門之彦，拔槁如茅；試鵷穴之飛，挺芳爲杍。師友推爲良治，子戚族驚爲聖。小兒洵足寧馨稱賢，承歡爲孝已。既而日邊赴詔，山上催砧。槎淩漢以初寒，橘逾淮而猶緑。獻禰衡之賦，未與看花；叩羅隱之名，徒工壓綫。瑀琈空抱，款段不歸。西風撲人，南湖羈夢。軟紅四載，一時舊雨。能來潑墨，雙縑千里。春暉無恙，念芝楣之色笑，慳桂籍之因緣，仕爲貧乎？游真遠矣！然而霜遒風勁，非能錣乎？摩霄之翰也。桐爨薪勞，非能紲乎？榮親之志也。今巳生以橋門之佳士，膺策府之校書。五夜燃藜，一編掃葉。官比鄭虔之冷，苜蓿堪餐；歸非南令之遲，梅花有約。醴欣洗腆，儘教繞膝團圞；樹愛合歡，新試畫眉深淺。從此蓮籌伴讀，蓉鏡卜祥。泥金報自六街，販輿迎夫三壽。璚樓翔步，交銜常棣之跗；綾餅含飴，再索長安之米。則斯圖也，殆家慶之茀禄，抑廷獻之先資也乎。

僕性冷于螢，身浮若梗。闌珊芸帙，手澤徒傷。毷氉槐花，慈顔莫慰。結三生之萏契，話半榻之茶烟。枕菊論交，拄藤索句。驪駒將賦，送人于李白亭邊；鴻雁如來，憶君于黄香扇底。

潘星齋公子寫蘭圖序

文鵜比翼，倡風雅於瑶房；香草多情，仿容華於紙國。則有金閶王子，玉鏡才人，吹臺上之簾，承平一片；　馥陔南之佩，愉藹三春。細雨萼樓，幾編傳誦；　東風柳絮，諸姒工吟。斯固譽起日邊，韵傳林下已。若乃翠鴛浦側，朱鳥窗前；　鸚語不嘩，鶴夢纔警。浣花十幅，不銷竟體之芬；　鏤管一雙，即用畫眉之筆。托幽懷於露畹，屈宋能愁；　開生面於雲屏，荆關不櫛。奩中墨本，當久熏佳士之香；　簾外黄花，不僅奪詞人之席。况夫蘭之爲物也，狀君子之性情，入騷人之諷咏。一花一幹，香動春初；　亦妙亦真，思來天際。值銀毫之對握，影入鷗波；　寫玉照以雙清，艷回松雪。星齋他日紹家望，蔚國香。露湛西清，繪丹青於天上；　烟霏東絹，羅卷軸於房中。同心則幽芳自花，著手而古墨欲舞。偶向楚江，渲出軼畫苑之清標；　不徒唐韵，寫來續玉堂之佳話。

敬題先師韓桐上通奉公江上蒼茫獨立遺照 招魂

台匡居以多暇兮，閔哲人之匪存。俯檻遐睎兮，白雲渺渺兮荆之門。公子至自漢江兮，容黝若以憺煩。授台一軸兮，濯焉擎涕而不能言。維我師之殂於楚兮，疇則吊之。奕奕恒幹兮，疇則皃之。⿰氵蕙荆巫之不能達誠兮，致精魂而告之。乃招曰：

魂兮歸徠，無滯武昌些。荆山之璞，爚門墻些。梁木既摧，君蒿而怳凉些。人雖思慕，非故鄉些。鮑姑仙去，蘋花不薌些。文禕控鶴，軼鵷皇些。望夫石頑，鄂渚瀾狂些。禰衡黄祖，相訟於九閶些。焰焰赤壁，赫戲無所藏些。歸徠歸徠，無徜徉些。魂兮歸徠，無之黄陂些。漢南棠芾，風凄欷些。大別小別，峻嶂其複崖些。靈均鼓棹，沔水漪些。陽臺不雨，神女疑些。青蓮長流郎官之湖，頤澹有餘悲些。歸徠歸徠，黃州不可以久嬉些。魂兮歸徠，無羈穀城些。碑能墮泪，疇昔政成些。父老惏悷，皺銘旌些。隆中鹿門，無田躬耕些。二龐倏夐，皮孟戢聲些。交甫南逝，華珠韜靈些。武當二十七峰，棧巑岞崿不可登些。杜康酒美，或損生些。臺上飢鷹，攫人若長鯨些。歸徠歸徠，習池多勝，無酩酊而不醒些。魂兮歸徠，徠京國些。奧府奠枕，上麗紫極些。贙瀛灤其左，岩關鍵其北些。橧桴重棼，閟殿赫赩些。雕欒鼎貴，錯闤闠以交易些。曩栖游於是，罔惐憶些。曾馺昆蹄，金臺陟些。曾據特榻，作丞相上客些。曾控秋駕，曾射春官策些。十侯少蓋，曾翹勤而跽經席些。歲如駃驥，鬱華遞躋昃些。彼都人士，生者海裔，逝者多相識些。東武尚書，儕望奭些。漕帥驂彪，侍其側些。天上之容臺，童公碩些。潛研之裔，竹林瘞雙杰些。新鬼故鬼，共呼嘯而無斁些。緊小子之居，未更閾些。於斯誨我，既我心得些。三家之詩，一字如拱璧些。粵古微書，學蟫食些。蝌籀斯邈，精辨釋些。惟雙聲與叠韵，駢朱而儷碧些。說經訂詁，奇義獨闢些。皋比尚温，我心惻些。歸徠歸徠，盍祛我惑些。魂兮歸徠，返故土些。廣陵曲江，射潮以弩些。當湖之瀾，搴蘅杜些。翽翽鴛鴦，戲樓中之烟雨些。檇李含漿，范大夫之塢些。金風亭長，嗢噱以佇些。城郭如故，覼衡宇些。松黯潛闢，先人處些。靈旗翩若其幡，纚將祔於祖些。夫人俟于雲中，華鬢而翠羽些。纍纍藟藟，文子文孫饘粥以聚些。時哲縰縰，列庭廡些。

室中所藏，邁册府些。函發秦冢，搜聃柱些。秘書之副，緗囊綈帙，凡略四部些。嶧嵑岐鼓，北碑南帖，更僕難數些。玉碗金鉔，䍤縷縷些。柴董彭定，文瓷古些。怪石砧碍，當其户些。菌蠢苯蕁，琪葩殊卉，暗薆於南埜些。符翎鈎軥，翻𢧵以翅舞些。乃蕇犧尊陳雕俎些。歌以侑之鏗雲，和而奮靈鼓些。歸徠歸徠，于斯降之祜些。魂兮歸徠，依斯圖些。江上蒼茫，獨立晐神區些。魂兮無東，率江入海，榑桑之日，鑠赤烏些。魂兮無西，導江至岷嶓，嶕嶫無飇車些。江之北伐，水不可涉。江之南鰐，不可驅些。惟江之介，可以娱些。獨立若鵠，不倚不跌些。善手繪表，神與俱些。圖中之皃，龎麋而豐須些。圖中之服，褈褣裾裾些。裝以宋錦，押以天禄之瑜些。縹籤題識，倒䶵書些。珂珹玳瑁，緻篋儲些。爛朗馝馞，皮之靈檀之厨些。左則縑山絹海，軸珊瑚些。虎頭遺迹，金粟摹些。輞川雲水，東坡笠屐，相儔而不孤些。右則圜府幣布，琗泉模些。比輪赤仄，兩柱八銖些。鵝眼駁犖，榆莢未枯些。金錯之刀，徽土花以模糊些。更有虬盞，夔敦儷魯壺些。執戈癸卣，靁雷之文，倏於觚些。薛氏之編，阮氏之拓，罔不䵊費以臚些。師崇吉金，勝隨珠些。仲子鼎泰，緒前謨些。寶斯圖勿替，慢㦗如些。歸徠歸徠，永憑其盧些。

亂曰：祝犁大荒落兮，逅我師三十二載兮。星斗移，顏未卒兮。孔已頹，我心蘊結兮。安適歸，師癖古兮。耽楚詞，手注一编兮。葆晋寶之，屈宋不生兮。泪沾荷衣，望楚水兮。長相思，招魂長安兮，知不知。

祝蘅畦先生墓志銘

固始毓中州，沖和淳穆之氣。蔚然者山，而不必岳之峻也。湛然者淮，而不必江海之深且廣也。廓然粹然者，人之才畯相望，而名與位不必志其巔而期其極也。擢巍科官一品，則禮部尚書祝公始，而公猶是廓然粹然吾邑之人也。蓋宗廟之材未可以土殖限也，公輔之器未可以方域區也。公之卒於里也，孤兢等奉公狀乞余爲埋幽之文。余家與公家世爲昏媾，先大夫善公之父，光禄公與公爲肯構子。余不文，曷敢辭。

按狀，公姓祝氏，諱慶蕃，號蘅畦，祖居浙，明遷固始，厚德型於邑。七世祖諱允恭，以孝祀鄉賢祠，詳《縣志》。六世祖諱昌，以死事祀昭忠祠，詳《國史列傳》。高祖諱起浚，舉賢良。曾祖諱日敬，祖諱元矩，皆以名諸生貢成均。考諱雲棟，乾隆辛卯科進士，授西曹郎，能平亭疑法，歷諫臺巡漕，遠近憚之，除萊州守，壑灾除害不少，擢登萊青道。三代以公貴，贈如公官。妣胡太夫人、生妣徐太夫人以上均贈一品夫人。世篤孝友，公至性彌摯，嘗語人曰：『一歲所作事，可告祖父。』除夕家祭，覺跪拜舒泰，可想見其無忝之思。昆季五人，公奉兩兄教，惟謹。弟庶吉士慶揚，濟南府知府慶穀，愛之尤至。庶常多病，隨公應試，人矮屋時憊矣。公扶持之撫摩之，情狀若慈母之於嬰兒，余目睹焉。嘉慶丁巳補博士弟子員，食餼以優行，貢選武英殿校書官。丁卯舉京兆試。辛未禮部試，中式，丁母憂歸。甲戌廷試，以一甲二名進士及第，授翰林院編修庶常。春秋試俱同榜捷，茲又偕入詞館，人以爲美談。丙子戊寅，兩充順天鄉試同考官，充武英殿纂修官，尋充提調官。己卯，充貴州鄉試正考官。壬午三月，充會試同考官。六月，充江西鄉試副考官。八月，得旨督學廣西，歲三膺衡文之命，儒臣希遇也。淮多方聞士，悉録之拔萃科。丁亥遷右春坊右贊善，充日講起居注官。戊子充國史館纂修官，尋充提調官。己丑，遷翰林院侍講，轉侍讀。庚寅，遷翰林院侍講學士，轉侍讀學士，充文淵閣直閣事。辛卯，署國子監祭酒。壬辰，充咸安宫總裁。癸巳，再署祭酒。戊戌，遷光禄寺卿，充會試同考官。己亥，遷通政使。庚子，遷左副都御史。壬寅，署刑部左侍郎，遷兵部右侍郎。甲辰，調吏部右侍郎，轉左侍郎，充經筵講官，賞紫禁城騎馬。乙巳，調户部左侍郎，兼管三庫事務，平反通州康王氏逆倫案，特旨嘉獎，遷左都御史。是年冬，遷禮部尚書。丙午，公年七十生之日，御書『資敬延祺』額，遣使厚賚以篤其祜。蓋自壬辰癸巳以來，凡讞案、選吏、閱卷、查學諸政，膺簡任者無虚月。其間賜書、賜裘、賜參、賜珍器异味以及祭畢受胙、上元與宴、歲終頒福字、廷臣得沐之榮，公備邀之。丁未曲阜孔氏入禮闈，分校孔氏，不得與試者二十有四人。公請凡入迴避榜者别爲一場試之，以乾隆間有言，此獲咎者下部議革職，得旨改爲降二級調用。戊申補内閣學士兼禮部侍郎銜，謝恩陳奏，宣廟恤公老予休。公由翰林至正卿，前後封事十餘上，或報可或留中，公亦不可以所言示人，而投匭之日，每召對至轉漏，或不數日而遷擢。人謂公强毅之氣、蹇諤之忱，其深乎主知，必有言人之所不敢言，情達於上，而利被於鄉國以及天下者。非鉤摭微細以爲敷陳，抑徒道揚盛美，殫詞臣之職已也。厥後親嫌，補試一議。公明知其格於舊例，而心焉憫之，不能不言之，言之而罣吏議，與嚮之書上而遷官者不區喜愠，洵有古大臣之風矣！俸入所餘，人食其德，若兄若弟，若兄弟之子，若姊妹之子，若妻之兄弟之子，若姻侄交游、舉主之子，賴以葬親娶妻、且納貲算、得官者難以枚數。至於置墓田，修學宫，桑梓之振，需京師賙貧拯厄之義舉，力之所能，爲罔或靳。己酉歸里，歸五年卒。公歷階遍鄉尹而奉法益嚴，薦士滿海内而誨人益誠。庸行重鄉黨而終身不渝其性，書法妙天下而耄耋不荒其業。

綜厥生平，殆先儒所謂從平實處作工夫者，然則廓然粹然，顯晦一致，公不自有其名與位，人之與公處者亦忘其名與位，而第見公之廓然粹然也。而公之質，公之學，皆於是徵之。公生於乾隆四十二年四月二十一日寅時，卒於咸豐三年三月十八日亥時。元配彭夫人，河南歸德府知府翼蒙公女。繼配李夫人，福建巡撫殿圖公女。皆懋内治，蚤卒。復娶於趙，四十五而卒。娶於張，未三載而卒。子四：兟，道光己亥科舉人，以内閣中書權侍讀事，秩滿，奉旨記名以同知用，側室陳宜人出；堅，附生，側室王宜人出；裕，附生，亦陳出；復，亦王出。女二：一陳出，一側室申宜人出，皆締姻世族。孫十二，孫女三。是歲，十月己卯日，葬公於邑東張家店祖塋，側彭夫人、李夫人合祔，陳宜人、王宜人祔焉。銘曰：

子尚濟美，士貴特立。峨峨容臺，風槩孰及。豈無衡尺？公獨愛才。豈無條刺？公言偉哉！貽厥典型，培其本根。以希曩哲，以裕後昆。古蓼嵤嵤，松柏丸丸。依其先人，孔固且安。

王柳溪先生墓志銘

咸豐乙卯二月八日午時，廣東肇羅道王公疾終於里第。是年冬，公之孤奉狀乞余爲埋幽之文。公與余從兄同榜捷，重之以姻婭，余非能文者，然不敢辭。按狀，公姓王氏，諱雲錦，字絅堂，號柳溪。世居固始，以潛德篤行稱。考諱廷璧，督公最嚴，蓋知公之成大器也。以公貴贈如公官，母氏袁贈恭人。昆季三人，公其次也。幼善悟，初就外，傅授《論語》，輒難之，公必有以對，師目爲翰林才子。嘉慶戊午入縣學，旋食餼。戊辰舉於鄉。辛未成進士，改翰林院庶吉士，散館授檢討。己卯充順天鄉試同考官。庚辰授湖廣道監察御史，乞假省親，旋補陝西道監察御史。壬午夏，命巡視北城。八月，授刑科給事中。甲申以母憂去職。丙戌贈公卒。怙恃兼失，公慟不欲生。既葬，當事者延主南陽講席，服闋補禮科給事中，再巡視北城。壬辰除廣東肇羅道。癸巳署南韶道。庚子攝按察使。辛丑權鹽運使篆，尋回本任。丁未入覲，回任中途病，乞歸，歸八年卒。方公之官臺諫也，有所言輒報，可具奉允、載入則例。而便民尤甚者，若比歲穀嗛，請飭各省，令民間多種油菜，以裕荒政； 若錢店藉歇業誆人財，請照劫强科罪，以警奸民； 若州縣令百姓領借倉穀，請酌定年限以防蠹吏，仁人之言其利溥矣。 既之粤水患，薦數公捐捧錢築巨壩禦之，且捐振捐藥餌，活人無算。 其他愛民之政，不可枚舉。 公自束髮以來，讀書爲學，力求實際，不涉浮靡，亦不空言心性。 是以任言責，則不爲迂闊瑣細之談； 統民牧，則不及鋪張袚飾、急功近名之事，獨求拯閭閻之疾苦，以弼聖人休養生息之。 仁者敷奏而施行之，使公得竟其用，知民生之利害，而誠求不息。 其所興剔當無异于陸清獻、陳文恭諸公之所爲，而惜其以疾老也。 即歸田數載，熙熙然與父老伍，亦惟以利物濟人爲懷，梓方施藥，孳孳不倦。 蓋公立身以孝友爲本，擴而充之，親戚賙恤無已。 時友有急難，醵多金，出之請室，都人以爲美談。 在官則蒸庶休戚通乎性命，苟非從事於聖賢、親親仁民、真實學問者而能如是乎？ 至於蒔花木，課兒孫，公産之被質者贖其券； 邑有五節祠，地爲鄰屋侵，厘之於官而資新焉，又皆名教中樂事也。 公嗜學，博覽，制藝尤言之育物，以醇詞抒精理，不依傍人門户，文如其人也。 從之游者，不徒博科名，兼惇實學。公生於乾隆己亥二月十有二日子時，卒年七十有七。 誥授中憲大夫，廣東肇羅道。 配尹恭人，同邑諱覺任公女。 繼配章恭人，歸安乾隆壬戌科進士、廣東糧道諱寶傳公女； 繼配李恭人，順天庠生諱炳公女。 皆淑懿有禮法。 子三，仁育、仁山均附生，俱尹恭人出。 仁育先公二年卒。 仁麟太學生，章恭人出。 女二，皆締姻世族。 孫七，運昌、際昌、其昌、克昌、會昌、登昌、熾昌。 孫女五。曾孫八。曾孫女五。以年月日，葬於原。銘曰：

木天之章，柏臺之霜，官有常也。甘棠其芳，新廟其莊，民有良也。非民之有良，而天降之祥。子孫蹌蹌，并椁昌昌。嗟恒幹之不可留兮，知令名之无疆。

明劉忠介公從祀文廟謹贊

道光二年，監察御史馬步蟾以故明左都御史劉忠介公宗周從祀文廟，請上。可其奏，部議于廟之兩廡享公，位于明臣蔡清之次。公樹節勁拔，研理精緻。闡陽明之絕學，浙東佳士泳沐幾遍，卒得捐身遂志。本朝嘉其誠藎，特予易名，兹復禮以俎豆，忠魂庶幾無憾矣。忻遘盛典，式景清風，乃爲之贊曰：

之江漣漪，會稽蔚然。矯矯先生，講學當年。範軌時哲，導源昔賢。德儕玉潔，道如鏡縣。雨潤槐市，霜寒柏臺。白簡無隱，丹忱不回。騎箕星耿，禋香雲開。熙朝崇祀，靈兮其來。

策箅銘 爲劉燕庭公子作

燕庭樞部，朗瞻多通，食古能化。拓吉金之字，瀋墨一池；坐嘉蔭之簃，賜書滿屋。乃復摘奥三數，研微九章。机錯邊罔之籌，篋寶隸首之策。銘曰：

神蟲吐忽，靈草名著。若星之布，迎日以推。叔重有言，筭長六寸。秭壤無舛，分銖罔遁。短籤抽玉，小字鏤瓊，大衍有數，先民是程。

六多街天地賦 以『六多所以街天地也』爲韻，有序

皇帝御極之元年，歲紀重光，人歌復旦。中宸和晏，文昌騰焰於紫微；總宙清怡，福將投鋒於青徼。余月朔日，欽天監奏：日月五星會於婁壁，近在二十六度。敬維列聖大德之徵，天章屢曜；今值皇上建元之會，乾象丕昭。臣民咸戴夫祥輝，慶帝德之光天下；陬澨胥瞻夫麗景，知中國之有聖人。上乃益懋寅恭，不宣符瑞。祇察健行之常度，彌昭欽若之宸衷。粤考《虞書》，首列璣衡之制。逖稽《漢志》，允符天地之中。蓋永風醴泉，和自甄於兩大；而秋饒春蠢，候不『⿱衍日』於六多。敢采管氏之徽言，敬驗疇人之成法。挈壺遜智，豈張衡之説渾儀？作賦慚工，异陸陲之銘刻漏。其辭曰：

緊闢闔之同功，儼蕩平之錫福。化奡大冶之先，吉叶亨衢之卜。泰元與富媪位彰，鬱華暨結璘精毓。稽《管子》而篇箸《五行》，測圜象而途循二陸。以齊七政，見其昭昭之多；是生兩儀，統以三三有六。不紊而高高在上，九霄焕其文明；如街而耿耿當中，一氣神其機軸。原夫清濁剖判，剛柔蕩摩。僑蹻而碧虛騰照，彭魄而赤縣濡和。六龍之御自健，六鰲之極無頗。蒼蒼其正

色耶，既蹄通常羊之莫判；　膊膊以均物也，復糠肥芬脤之易訛。奇象陽而耦象陰，莫析六觚之筭；　一生水而二生火，未徵六府之歌。縱令燮以烟熅，戴大圜而履大萬；　何由測其虚滿，苞物衆而化物多？則有二曜分行，六街時叙。判以黄黑赤而出入有常，區以南北中而短長并舉。候之玉琯，聲協乎六律六同；　測以土圭，景正乎多寒多暑。如驗三十六宫之氣，歲以爲經；　即參二十八舍之方，辰居其所。躔分次析，四游包六合之儀；　陰息陽消，重卦肇六爻之序。考嬴縮於冬夏至，景風共雲物皆符；　徵蓲敷於地天通，昴畢與牽牛維旅。由是紺滑垂祥，黄純綏祉。大比槖以能苴，直非街而如矢。斗車炯晃，魁杓指六逵之莊；　雲路迢遥，慶霱縵六時之紀。臣朔占而階羅上下，街焕六符；　帝犧序而門統乾巛，街區六子。仰踆烏之暉遠，朱雀街應許尋踪；　道野馬以塵清，銅駝街曾經賜履。無私覆載，端宜街號清和；　放大光明，雅合街名妙喜。界畫乎三百六十有五，周天之度，取數則多；　綿亘於九萬一千餘里，去地而遥，厥功曷以。徒觀其邐倚虹渚，蕭曼霞階。道非清於風伯，石非補自神媧。於以司天，玉燭調而六宗之職不忒；　於以察地，金穰溥而六穀之利無涯。於以亮天之功，頒朔媲六經之著；　於以徵地之寶，闡珍同六器之排。於以焕天苞而彰地符，六書肇而疇圖彪炳；　於以拱天樞而旋地軸，六幕澄而景色清佳。豈波沿銀浦之流，映川途於地絡；　或影煜珠躔之彩，瞻星瑞於天街。是知惟天亶聖，惟聖憲天，披璇圖而出震，握金鏡以乘乾。迎日推軒轅之策，授時稽放勛之篇。蒼精黄牙宣其蘊，湇陽化生司其權。六峚乘除，街綜乎交朔、交望、交率；六虚清晏，街彌乎大千、中千、小千。倘開夾路之花，六出則瑞霙齊舞；恰進《康衢》之頌，《六韺》則鈞樂遥傳。參以六章五色之文，早紀五方而辨位；乘以六日七分之數，應占七曜之同躔。彼夫騶衍，雅善譚天。竪亥久傳，步地左旋。徵螘磨之形右壤，創蝸疆之議管窺，錐指而識慮。夫疏銅表羅經而物資乎備，莫不視夫六多之井井而有條，繩繩而就治。斟元酌化，捊多參益寡之文；温濡薄純，用六協函三之義。我皇於是撫五辰，徵十瑞。履端於始，統元會運世而數啓京垓；錫福於民，變暘雨燠寒而功兼參貳。時則汁氣流霄，榮光彌野。合朔則朱草椵輝，紀閏則翠梧露灑。御街敞而賢，早進夫愷元；總街諮而策，盡陳夫董賈。帝膺多福，天地昭而六禮光昌；朝慶多才，天地泰而六宫儼雅。三綱八節，覃大化於立之、道之、綏之、動之；億載萬齡，枺至德於高也、明也、博也、厚也。

天驥呈才賦 以『天馬西來作太一歌』爲韵

駿馬行地，神龍躍淵；以德稱驥，以健象天。賀吉光之服早，睹房星之炳躔。六印燗乎金埒，五花掀其錦韉。邇乃磨鄰驫眡，越睽騰騫。胥宗生於翠麓，鮮族茂於珠川。斯驥也獨毓精乎渥洼之水，而紀祥於元鼎之年。溯堯文初啓之時，銜緑圖而出洛；迄漢道大亨之日，駕黄屋以乘乾。騁紫燕而驟飛雲，文帝曾蕃九逸；軼蒲梢而超汗血，武皇早靖三邊。銀沙來駭騊之踪，捷逾升甗；碧漢下騏驎之種，瑞邁生滇。徒觀其姿格權奇，丰神颯灑。黄鵠飆馳，青虬雲惹。鳳膺軒翥於蒹嵋，虺尾蕭梢於藻野。毛含玉彩，儼羅岱委之珍；骨帶銅聲，若出昆吾之冶。鰲眉錦髆，傅休奕所難遍稽；霧鬣風鬃，楊子華所不盡寫。千里花開苜蓿，看蹴雪以蹄紅；三秋瓜種燉煌，訝餐漿而沫赭。澄河照影，八尺還昂。寒月嘶群，萬槽盡啞。掣來赤電，誰歌安西都護之驄；鑄有黄金，應媲伏波將軍之馬。其爲材也，則跨險騰峻，躡岩趠溪，追迹駊䭾，角威玃猊。四足逐逐以箭發，雙耳棱棱而竹批。其蹀躞而疾馳也，汩焉若乘潮之練。其趻趯而直上也，敻乎若飲澗之霓。爰有暴利，長者乃襄羊乎紅山之麓，而容與乎青海之西，睋陸梁於嗌膝，賞聿越於昆蹄。飾以綰銀之壓胯，被以彣錦之障泥，啖以丹棗之纂若，飼以瓊禾之穰兮。氣猛姿雄，入玉關而雲籋；輸忱貢瑞，望金闕以風嘶。豈求賢而骨市燕臺，莫尋騕褭；想歸化而首驤漢苑，不讓驊騱。當夫觚棱日射，閶闔𦅸開，既效舞於鳳扆，旋逞姿於龍媒。值三朝之慶節，呈九代之逸才。鐵象咀銜而半漢，赤駝鞞鞚以裵哀裒；鶴警珂聲，和玉磬瑶笙而胥叶；雉移扇影，映朱纓紫韂以無猜。具雕章被服之觀，嫻其拜伏；遍長樂未央之厩，遜此雄恢。乃若八鸞春省，七騶晨催。緑耳共翠旗一色，桃花與芝蓋偕來。玉逍遥弭轡而苒，已動五都之義；紅叱撥飛繮而下，定争六輦之魁。其或長楊旃纚，期門鉦作。命囪囱以振鞭，咨管青使整絡。畢張垂天，罿結彌鏧。珠勒縱而銀鏃飛，鈿鞍馳而雕弧彍。駒駼掣狂兕而奔，驒駘逐鳴陽而躍。堋雲的月蔭花，頷以騰驤；繡轂朱輪駕蘭，筋而趠躒。雪盡而涉三嵏之險，龍脊麟身；秋高而張五校之威，風腰電脚。獵非沙苑，鳴鑣而影落蜚鳶；射畢華林，入埒而陣開列鶴。秦叔寶之忽雷名駁，瞠乎不前；李繼岌之趁日稱驄，方玆猶弱。由是薦瑞青壇，表奇紫軑。德水蔚其菁華，仙樂歌其沛艾。既譜曲於鬲鷊，早呈才而鑾噦。咏考牧之無邪，慶懷生之永太。五牲畣貺麟祥，叶奏於琅璈；八駿鍾靈駟影，聯輝於華蓋。徵其名於《子虛》《上林》之賦，夭矯難求；儷厥辭於《芝房》《寶鼎》之章，驍騰若繪。即罄婆羅訶之力，難并轡以争先；縱搜骨利幹之珍，詎希踪而稱最。月題朗朗，道經乎二萬餘里而遥；星駕駸駸，名越乎四十八監而外。蓋驥之性秉乎祥良，而驥之才呈乎馳軼。軒帝壽而騰黄獻符，姒后神而飛菟挺質。珙球倏爚，曾稽貢馬於《殷書》。鋑釳瞵㻞，還志産駇於姬室。魏聯鑣於十陣，釘轡蓑雲；梁示寶於群僚，珊鞭耀日。唐則仗分左右，奉駕局掌其蕃昌；宋則種判良駑，崇政殿閱其閑佶。凡玆應範而中圖，罔弗神清而氣逸。惟西京以受命而都，而上乘乃應時而出。彤軫焕螭頭之彩，九軌斯同；金羈迓麟趾之庥，四靈之一。我皇上丕張樂御，廣沛恩波。義渠效靈於璚囿，榮光騰照於金河。驪黄錫而旨飭選良，示外藩以薄來厚往。粤駒牧而制籌盡善，允疆臣以益寡捊多。秋獮威揚，霜清寶鐙；早朝儀肅，風動瑶珂。聖人之所寶在賢，千里材舒駿步；天子必爲民祈福，六飛駕整鸞和。將瞻帝瑞於星闌，并銀杏黄芝而辨號；早就宸輝於雲扆，共鳳儀鸞。眪以升歌。

録刺史姓名於屏風賦以題爲韵

唐太宗籲俊心殷，嗜賢意篤，鏡鑒形以握金尺，量才而操玉。謂帝王之道在知人，而刺史之官能成俗。問六條而典郡，青綬遥臨；采《十漸》以書屏，丹毫頻續。他日繡袍渥賜宣勞，而澤洽隨車；此時黼扆周諮紀事，而政勤索燭。臣心似水，清泠含燕寢之香；天藻如霞，璀璨媲鳳池之録。爾其爲職也，千騎長人，三年奏事。漢以八月而巡，晋有單車之制。或表外臺之重臣，或列中興之良吏。迨有唐而郡易爲州，劾不法而史稱爲刺。比豆盧之受姓，彤幨早嗣乎循聲；類半千之錫名，畫戟誕旉乎文治。黄霸之淳風堪續，或緹屏之待加；賀祥之茂績能追，更竹屏之宜賜。以彼熊軾舒華，隼旟結綺，惜陰徵運甓之勤，愛月擅登樓之美。皆巡郡國以宣猷，非列階墀而承旨。苟不别其薰蕕，何由掄夫杞梓？珠能記事，難搜赤浦之珍；旗擬書勛，未署黄麻之紙。豈桓譚之論五色，猶彼屏風；若賈逵之飭群僚，乃真刺史。蓋由於優劣素明，貪廉博證。藻鑒縣明，甄課以頌聲，法其惠政。徵麥瑞於兩歧，驗鞠謀於兆姓。松扉諮事，訪循卓於近臣；勤能於守令。賓非入幕，偏嫻四客十善之稱；人擬樹屏，應製三杰二臣之咏。於是彩毫光絢，金壺墨傾，標叱馭之亮節，志驅蝗之令聲。披黄幄以斜揮，檻殊旌直；倚丹楹而細寫，殿是延英。體工舞鳳翔鸞，褒德而光生絹海；政表縣魚遺犢，獎廉而職寄管城。俏教月旦評來甲乙，次居神之帳；　恰看烟雲灑遍東西，題進士之棚。時值伏思，早焕罘罳之制；　官非光禄，無傳屈曲之名。當夫璇殿宵静，銅壺晷徐，既鈎銀以畫銕，旋拔茅而連茹。環寶座而用資藩衛，萃翹材而珍媲瓊琚。九等之姓，重編雲蘘青纂；　千佛之名，歷證星拱丹除。延入清風，小白之紗幬自敝；　拂來古色，伊耆之瑑几同儲。若傳嘉禾甘露之祥，百廿種并鏤其瑞；　如溥賦米税錢之澤，十四篇復繹其書。非何敞之待黄香，屏製銘而有則；　抑司空之次太尉，屏隔座以相於。是以其時也，殿最無爽，□[一]陟有經。諸牧共惇其仁化，百僚胥楙夫德馨。陳君賓倉有儲糧，而蒲虞資其積貯；　薛大鼎渠能泄水，而漳衡底於澄渟。瀚海開田，李素立以祖孫濟美；　滹沱築堰，賈敦頤以昆季垂型。第看竹馬歡迎，當日焕三公之服；　試想瑶螭深護，幾人登六曲之屏。彼夫雲母、水晶之晃耀，緑沉、碧慮之玲瓏。詩則十聯共羡，傳則四堵常充。繪聖主賢臣而倍肅，録仙人義士以能工。豈若兹之涵輝冰鏡，録善嶙宮。銀印齊頒，辨姓無煩於軒律；　金甌未卜，盛名早達於堯聰。詎虞選簿紛紜，庫增架閣；　儼睹御書爛漫，帖寫屏風。我皇上珊網甄才，瑶軒式度。奎章挹仙露以初濃，朵殿映卿雲而遥布。瞻五銘於帝座，欽承列聖之訏謨；　肅六計於官方，溥錫八埏之福祚。詔大臣以推轂，簡循良而職寄親民；　勖庶吏以懷冰，籌恬養而人知遵路。將見秬薌芝挺，群佩何妥刺史之箴；　豈徒沓璧連璋，争擬羊勝屏風之賦？

【校記】

〔一〕此字模糊難辨。

少皞氏以鳥紀官賦以『九苞闡章，萬官樂職』爲韵

稽左氏之篇章，探舊聞之淵藪。少皞分職而猷宣，郯子論官而典守。道取諸觀象之原，代紀夫蜚麟而後。鳳凰五色，金天徵籲俊之祥；雉鳸千官，玉殿頌作朋之壽。杞梓掄而鑒縣帝座，鶴豈乘軒；簪纓萃而陛拱卿雲，鶡應銜綬。占羽毛之漸陸，璇圖紹羲畫之三；□〔一〕球瑄以儀廷，鈞樂啓舜《韶》之九。原夫少皞氏之王天下也，衍青陽之華胄，據窮桑之樂郊。考德曰清而派承帝系，命名爲質而瑞汁天苞。謂少皞之處西方，當證《竹書》之誤。稱少皞之居江水，更厘《遷史》之淆。雖《問帝德》者未臚陳，而乃聖、乃神之姿皆備；縱《繫易辭》者難具述，而取《離》、取《益》之道兼包。他年裘獻鞬鞮，玉座影環星輔；當日瑟拊舲艇，璇宫彩織雲旂。非同玄鳦、赤烏、稷鴇，肇神州之瑞；儼媲鴛思、燕頷、軒轅，徵阿閣之巢。當夫鳳德昭明，鳳音宛轉。召天老以形稽，溯羽家而種辨。類方鸑鷟之招，名待鵔鸃之闡。奏九淵於丹陛，鳳來鏘戛玉之聲；騰六彩於朱宣，鳳翥志銜書之典。百僚儼雅，群染翰於鳳池；七萃輻轤，并瞻雲於鳳輦。

鳳琯歈而響龤，節足笙譜樂賓； 鳳旗張而紋錯，纖襹旌舒進善。維時文士鷺序，武臣鷹揚。扇移雉而五明斯設，綍回鸞而百禄溥將。以厘官族，以飭官方。德早咏夫鴻遵，擢百俊千英而鼓舞； 職正符乎爵醮，萃九庖四佐以衡量。玉署鷄廉鶴俸，勵勞謙之吉； 瑶墀鵠立鳩儀，瞻視履之詳。倘教白簡霜寒，詎效巧言於鸚鵡； 恰直彤廷露湛，益綏嘉福於鴛鴦。獲三品於儒珍，應比君子縣鶉之什； 舞八風於帝陛，還賡碩人秉翟之章。其紀官也，則分至遞司，啓閉肇建。鳳知時而時明，鳩聚民而民勸。色别乎竊黄竊藍之异，農劭灾敷； 號綜乎曰鷃曰鶉之繁，工監藝獻。紹鶉居之日月，鵷列隊以晨陪。薈鶚薦之風雲，隼摩霄而秋健。矢丹忱於翼戴，鷄犧呈五德之材； 表清節於頭銜，鵲印耀十華之券。好令和衷共濟，鶼取兼而翔自成雙； 每思吐哺旁求，鵬爲朋而從還計萬。由是擢鶴民而奔走，禮雁臣以盤桓。録耆德而鳧翁表潔，篤戚誼而鴉舅臚歡。内史則鳴鵠號假，都護則孔雀文攢。將母美鳺鴀之孝，帥師聽鵝鸛之歡。或信天而誠輸捧日，或淘河而績著安瀾。或宜化變珠杓，早識鸍雨鸖霜之候； 或竟教宣木鐸，益快信鷗義鶻之觀。如朝寶地之鴿王，共迦陵而説法； 偶代瑶池之鴻使，隨希有以揚翰。禮以爲羅，焕文章於冠鳥、帶鳥、纓鳥； 人皆集苑，試毛翮於法官、屯官、牧官。是則鳥篆編窺，鳥旟彩錯，分職而鳥宿昭回，建福而鳥明儼恪。鷶鵤，非蜀郡以何啼？[illegible]，乃郭公之欲躍。朝海殊精衛之禽，相風媲飛廉之雀。翱翔有志，威儀肅而《詩》汰茅鴟； 仁義爲巢，講議閎而觀臨支鵲。采兼葑菲，名録乎熒熒同同；任寄棟梁，音叶乎架架閣閣。群彦聚而吉人華國，嘉祥符雥集之形；八元升而才子承家，闓澤洽雝將之樂。覽德輝於帝世，雄飛者居夔龍熊虎之先；瞻瑞應於皇圖，雍鳴者并重該修熙而作。我朝人懔官箴，臣遵皇極。階資辨而更擢賢勞，衡量公而益彰黜陟。珊網輯鴻鸞之黨，命星使以掄才；玉階森鴛鷺之班，聯月卿而循職。卜鸎遷於庶尹，和喻嚶嚶；賡燕喜於近臣，敬思翼翼。曉日絢鳳梧之彩，丕焕天章；春風騰鳧藻之歡，勤宣聖德。將見堯門霞敞，鶴書下而人萃翹才；抑且軒鏡冰澄，贗鼎除而士膺特識。

【校記】

〔一〕此字模糊難辨。

搗衣砧賦 用庾子山《對燭賦》韵

紅墻耿耿秋夜寒，鴛瓦霜冷雁飛單。流黃織罷繡床倚，誰識人間行路難。檢點征袍纏綿裹，料理雙砧妥貼盤。玉漏鏦蓮，銀缸未眠。梅白笛腔裂，花紅燈蕊然。五銖濕蘭露，一桁澹蘿烟。花裏清音和玉翦，奩前幽韵問金錢。霜杵聲聲天欲曙，羅襟款款雲如絮。指纖露笋，眉慵掃蛾。簾深響迴，袖拂香過。白帝城邊急，女嬃廟外多。金風吹，瓊韵隨。芙蓉塢，鸂鶒池。湖上綄紗何足羡，渚次支機非獨奇。榆星没，梵鐘歇，凄絶翠閨聲，望斷關山月。

金錯刀賦 以『美人贈我金錯刀』爲韵

黄金穴外雲如綺，寶液溶溶青復紫。菡萏爐飛松翠烟，鑄就銛刀呼陌子。範寫樣以彎環，篆嵌文而邐迤。指阿堵兮何爲寄，相思於彼美鑄幣。模新流泉，用神皇圖。九府列仙，帔六銖匀。叩上清之童子，訪白水之真人。子母并阜，肉好齊珍。類契刀之輻輳，仿鏤金之璘彬。金堅比德，刀利於民。寶鍔黄流，銅英碧孕。百鍊初成，八分雅稱。錢逾十品之詳，布共五行之定。刀鮨韵以鸞鏘，金騰輝而虹亘。屈疑蓉鏡初圓，貯遍珠囊不罄。爲憶比肩人，不堪盈手贈。龍紋巧鏤雲容妥，鵝眼紛飛花韵嚲。纏綿五色絲，宛轉雙釵朶。歌宜日本行，時人竟天涯。遇左迴文之字，銀緘尺素之函。苔鎖問寶刀，其遺誰比？泥金之惠我雙鯉。遥尋一書萬金同，心篆古半臂情深。學孔方之巧樣，嗣吕虔之好音。刀環望斷三邊草，刀尺聲驚昨夜砧。連錢文錦橐，百結丁香絡。合歡枝交長生，彩錯切玉何堪。飛蚨有約，沾春梨花之村，買燈芙蓉之暮。考舊譜於洪遵，引靈輝於孫愽。撤向鴛鴦帳，佩來翡翠袍。燈花人未卜，霜天月正高。來朝好試攤錢戲，猶怯東風似剪刀。

臘鼓賦

八琅璈鳴幽籥答，拜蜡家家携酒榼。華清宫裏迎春歸，梅花一枝香破臘。觥介壽兮觚棱，鼓宣揚而㔾匝。飛音紫稻之場，淩響芙蓉之塔。白紵徵謳，柘枝節舞。繁響細調，新聲暗譜。鼉鳴肖三通，蛙喧會兩部。紅日曛檐，春風擊鼓鬨鬨。，轟轟晴雷，乍驚霹靂。手握銅籠，耳盈插秧。一村響催，花前度鳴。蕢桴解奏伊耆樂，甓水曾聞矇瞍聲。圓如明月涌冰輪，震比秋潮撼玉津。銀環戛能應，金花貼自匀。秦彈箏而樂歲，燕吹律而生春。一曲歡忻之韵，三時辛苦之人。團圞珠槃，抱玲瓏瑶杵。搗雪凈響，清陽生音燥。神醉緑醽之缸，人被黄綿之襖。畢歲事於桃符，泄春光於荄草。乃歌曰：

神之來兮彤雲生，農之勞兮黄冠迎。兒童嘩兮細腰鼓，慶康年兮歌太平。

蓼花賦 以『紅蓼花疏水國秋』爲韵

珠露凋桐，銀霜濺楓。絮糝蘆白，花鋪蓼紅。半奩水碧，夾岸霞烘。荏苒春色，蕭瑟西風。舊日雁來之處，斜陽鴉噪之中。但見頳淺粉凝，絳殷粟繞。圓穗銖銖，纖莖袅袅。珊瑚着枝，胭脂暈沼。村無杏以唇妍，園非桃而靨小。艷冷吴江，秋深古蓼。烟雨平沙，光陰晚霞。大蟹欲紫，游龍自花。幾叢蓓蕾，一洗鉛華。野燒微逗，漁鐙半遮。烘粉壁於蕭寺，鎖青帘之酒家。烏柏老去，黄菊開初。騷客坐磴，詩仙停車。對蓼枝之旖旎，愛蓼影之蕭疏。托紅心之草草，踏黄葉以於於。莫不腸斷花後，魂銷雨餘。况乃半世飄蓬，一肩行李？鬢影溪邊，鞭絲雲裏。鞍輕惹香，衣單黏蕊。版橋之霜晨晞，戍樓之砧暮起。度新曲於蟹聲，憶伊人於葭水。歌曰：『蓼葉碧於潭，蓼花密如織。持爾寄相思，相思生南國。』孤吟未歇，逸興轉幽，扣舷而唱答于中流，其詞曰：『六朝金粉付閑鷗，澤茝芳蘺空自愁。惟有蓼汀紅蓼水，年年送盡洞庭秋。』

初日芙蓉賦以『皎如初日，灼若芙蓉』爲韵

詩國花新，水仙香繞。雲膩紅春，露圓清曉。鏡裏澄鮮，天然便儇。凌素波兮盈盈，映朱曦之皎皎。爾乃芳姿水漾，清艷霞舒。低擎翠蓋，爽逗羅裾。欲語誰解，擬畫不如。舊夢池塘之外，前身冰雪之餘。急雨聲疏，斜風舞徐。龜巢穩處，烏輪上初。照影塵净，流輝錦攄。散彩則偶招戲蝶，嬉晴則不礙游魚。一鑒緑波，三竿紅日。水光秋涵，花氣晨溢。臉映葩妍，鬟排蕊密。探消息於殘月曉風，結臭味於蘭心蕙質。霧覃迷濛，烟霏閃灼。靈想來湘，神疑步洛。睡有鴛鴦，贈無芍藥。方活色以生香，詎金鏤而彩錯。詩意仙乎，予懷澹若。鉛粉一空，胭脂小著。艷摘朝華，嬌含晴萼。吴娃添伫月之情，楚客憶涉江之約。羌銀塘兮玉芙，比鮫人兮織蒲。太乙乘

瓣，如來涌珠。雙蕖怨否，五字成無。净復净兮水雲窟，團復團兮東南隅。咒鉢欲現，浣紗自逢。并頭堪倚，叉手還慵。吴江楓冷，春城柳濃。鳴禽猶未變，試望碧芙蓉。

寒菜一畦賦 以『我有旨蓄，亦以御冬』爲韵

庾蘭成作賦閑居，掩關兀坐。屋小茅飛，園荒落鎖。花韵懷人，詩魂招我。半晦雪禾，一林霜果。紅葉風乾，翠蔬雲彈。鋤明月以香生，摘寒叢而玉裹。爾乃種記冬葵，根傳天蒳。蘆菔紅殘，菠薐碧剖。菘號笋奴，瓜分蒜友。鴨脚延蹊，雁腸緣畝。地不禁寒，時惟其有。土酥朝潤，冷緑當門。瓊葉霜肥，生香撲牖。味留老圃之芬，甘佐醉翁之酒。時則凝冰垂檐，積雪壓戺。爐霏松火之烟，帳羃梅花之紙。袖倚翠兮竹君，衣舞珠兮鶴子。携鴉頭兮鋤寒，擷鱗原兮菜旨。爰有遷客怨深，騷人氣蓄。巢父栖枝，愚公入谷。床有落花，杖宜孤竹。心清于琴，味淡如菊。尋來仄徑三三，看遍曉山六六。蘭畦界畫，一桁烟晴。雪甲惺忪，半園秋熟。非馳意于盤珍，乃怡情於野蔌。芳叢錯黄，脆莖挺碧。蓋影菌蒸，茵紋蘚坼。英英露華，融融玉液。味老冬心，氣涵土脉。披凍莢於芝田，蓺靈蔬於花宅。壺中幻芥子之形，江上結蓴羹之癖。意忽忽以何之，樂洋洋而不亦。羌苞青兮蒂紫，雜湘蓀兮沅芷。藤或拂乎胭脂，珠無嫌於薏苡。一肩秋色，擔有兒童。半瓮寒流，灌無疆以。町呦馴鹿之鳴，盤佐蹲鴟之美。寒色平分，芳馨自御。夕陽在山，白雲何

處？依稀鬥草春初，宛爾傾筐人去。畦稜稜以霜清，菜疏疏兮月曙。鹽紅配菹，玉滑投箸。話斗酒於江南，吟梅花於月署。地不角鹿，人如卧龍。三間老屋，一碧長松。治蔬味永，抽簪興慵。年光小雪，風味殘冬。樹淡寒鴉之色，村迷牧犢之踪。聊涉園而躑躅，愛斯菜之丰茸。

賦得讀金鏡 得『書』字，五言二十韻

祖訓唐宗懔，瑶編啓石渠。讀應先典索，寶復擬琪琚。模式鎔金後，輝縣握鏡初。一輪仁壽宇，三箧太平書。治忽徵諸古，光芒運以虚。首嚴賢佞辨，獨慎訪求餘。鼎望占隆棟，瑰才紀拔茹。纘旒心學契，旌鼓面諛祛。宣武標銅柱，尃文焕玉除。監之民若水，御也德爲車。奎藻鴻猷輯，雲章鳳諾舒。其明兼日月，斯道實權輿。奕葉訏謨守，靈蘭秘籍儲。觀原勤甲夜，設必近辰居。軒鑒暉逾遠，湯銘課不疏。蟠龍騰异彩，翼燕永嘉謩。屏録常濡翰，經陳并斂裾。聱牙篇早竟，繩武志方攄。法炳千秋矣，言經百鍊如。蘿圖欽繼述，離照仰星旟。

賦得均田圖 得『田』字，五言二十韻

豐樂登嘉穀，平均賦大田。唐臣曾表獻，周主更圖縣。經界從心正，丹青著手研。疆應農率判，筆許化工傳。禹甸垂模舊，堯溝潑墨鮮。八家疇畫井，萬耦浪瀠川。遠近鱗原析，縱横雉隴

聯。東風菖葉畉，夕照稻花天。木鏤人還肖，毫揮鳥欲翩。披蓑多畫意，落紙盡耕烟。辬斕紋兼繪，灾畬惠不偏。緑渲桑雨潤，黄襯稼雲連。寫絹頒諸道，穰金寶一編。聖朝珍菽粟，兆姓擁囷廛。水利興逾廣，春和墾共先。祥禾呈九穗，沃壤闢三邊。澤沛祈甘後，民熙報稔前。石渠千帙富，瓊粒四秋堅。黼座陳無逸，蒼郊慶有年。湛恩鴻貸溥，力穡遍垓埏。

賦得子孫拱日彝 得『彝』字，五言二十韻

萬世傳無替，商家作寶彝。拱辰彰七曜，戴日頌重熙。鳳子丹符啓，龍孫翠篆摛。金鎔麟趾貴，範製蜼形奇。鑄午芒縣鏡，流春液釀巵。九容欽主器，百乳樂含飴。輝近威君鼎，和斟義母匜。傍壺尋鼻祖，抱珥引髫兒。勖以葵傾志，賡兹瓞紹詩。輪應瞻復旦，洗并號長宜。繹鵠正雲繪，蟠螭璧月窺。吉羊人介景，孝虎代增厘。稼咢看茆縮，禾盉咏穀貽。玖觴隆肸蠁，璚瀣備祈禳。盎盎醍醐注，繩繩福禄綏。棣聯兄癸卣，椒馥父辛觶。王字晨曦捧，靁紋古色披。銅花青蝕藻，玉樹彩凝芝。伯仲儕三雅，光華耀一規。罇尊醲化被，聖祚自延禧。

賦得葛鐙土壁 得『京』字，七言十二韻

先朝儉德鐙常寶，列聖貽謀壁久營。葛咏三章綏福履，土齋五色奏平成。千枝燭朗呈材樸，

百堵嵯峨積壤盈。日月齊輝陳複殿，垣墉既作鎮陪京。被同卉服天光耀，築媲茨階帝室清。衣欲含風籠艴熾，圭能求景測縱横。紵絺紋趁霏花爛，摶埴功兼縮版精。繼照祥徵瓜瓞紹，沛膏和釀菌芝生。懋勤自昔歌輝燎，善述於今契見羹。仰纘前徽調玉燭，敬敷祖澤鞏金城。絀華貢屢裁瓊玖，敦本工還減閈閎。萬國臚歡宗器仰，臣民崇質協皇誠。

賦得玉芘嘉穀得『豐』字，七言十二韵

紫壇薦玉三垓肅，蒼野穰金九穀豐。芘以祥輝環左角，受兹嘉貺禮圓穹。練辰已敕陳璜琥，紀歲頻瞻稔穜穜。祈福春郊瑶彩蔭，告成秋社璧光融。瑄羅紺幄延厘早，瓚挹黄流仰澤洪。萬廩齊登知所寶，四時攸序紀其功。禾能呈瑞書常録，田欲名圭稼既同。内府筠浮原自禄，太倉粟貯不教紅。穀聯預卜雙歧應，琛獻還欣百室充。鋤莠職仍咨鳸鳸，綵藜氣早焕熊熊。圃曾種處含朝旭，粳或炊餘馥晚風。雲爛堯階書大有，臚歡群仰上儀隆。

賦得七發七中得『神』字，七言十二韵

宋代雄威推太祖，園開金鳳射儀陳。侯張已辨參連號，笴發還驚七中神。步擬成詩才共擅，蹲非徹札氣逾振。騶狸節應琴弦奏，弧矢輝聯斗宿新。三箭四鍭無失的，五豵兩牡恰充珍。計

旬舞趁竿飛羽，列寶輝看鏃晃銀。八筭告全奇欲扐，六經襄舊數原均。禮符獻爵殊揚觶，駕整鳴騶詎扣輪。穿葉影偏梅實映，納籌材向竹林掄。政齊虞典禽頒野，德紹周庭鵠繹身。合九形常持玉弝，疊雙喜更溢璇闉。何如聖武垓埏懾，雲煥彤弓拜紫宸。

賦得寶劍生神芝得『清』字，七言十二韻

青萍出匣氣縱橫，長劍摩挲瑞草生。桃氏命官徵器利，芝房譜樂頌時清。龍鱗波淬神光煜，鳳腦霞披寶相呈。櫝藻鋪餘分玉料，鉢花開遍犖金城。乍敷雲蓋真依樣，縱厲霜鋒亦向榮。菌擬連珠星焰吐，蓉看挺鍔露華盈。月精毓秀舒三尺，電影淩寒爓九莖。秋水澄空何處種，太和醞釀不須鳴。菁英已許千齡益，枝葉胥經百鍊成。异彩疊攢樓閣幻，祥輝四照斗牛明。紋疑倒⿱雔貝銘纔辨，色訝浮⿱竹鈞珥并瑩。琫珌儀容欽聖武，丹蓂長祝泰階平。

卷　三

掃花游　秋蝶

幾叢紫蓼，恰粉翅翩翩，半舒還整。懶蜂漫等，趁芙蓉露滿，并穿香徑。寒到蘆花，莫認東風舊影。晚妝睹，看素手撲來，團扇相映。　痴夢頻喚醒，恰幻作秋人，怎禁愁病。韶華自省，問玉腰瘦損，爲誰窺鏡？客燕多情，剩有斜陽未冷。去無定，待披圖、寫將幽景。

月華清　秋花

梧井雕青，菭磚皴緑，雜花緑砌無數。客燕多情，重認東風芳塢。咽幽香、蛩韵纔涼，彈瘦影、蝶魂猶舞。延佇，伴幾絲衰柳，照人眉嫵。　况又蘆州飛絮，算只有斜陽，慰伊遲暮。絳萼緗葩，馥遍一庭寒露。暢好到、珪月圓時，最怕是、玉霜零處。休誤，快商量金屋，嫣紅深貯。

壺中天　净業湖秋褉

鳳城西曲，恰澄波七里，膩紅深處。夢裏西湖飛不到，莫負漁烟風雨。短彴支笻，高樓對酒，吟事添無數。斜陽扶醉，野風吹起香霧。　相約俊侶清游，衫痕鬢影，便欲扁舟去。燕市秋光如許勝，生怕江南秋妒。十刹鐘聲，一窗山色，暫鎖狂懷住。明年花發，主人先釀芳醑。

齊天樂 題葉丈小庚本事詞

十年酒國人俱老，用梁茝林先生句。花間又添新譜。紅豆嫣春，翠樓黯曉，逗出柔情如縷。烏絲漫補。有無限低徊，斷腸今古。濕透青衫，江州心事向誰語？　崔盧世多俊侶，更青霞繞筆，奇氣能吐。瀛海迴帆，滇池製錦，不畫時人眉嫵。當年化雨。悵駒隙光陰，絳帷何處。尊甫毅庵先生爲先君子癸酉座主。一卷《離騷》，辨香思繼緒。

又 題張韶臺小松廬便面　韶臺尊甫南山先生號松廬子

緑濤曾快詩翁耳，新陰又添庭院。雪裏蒼髯，風前玉樹，總是淩霄枝幹。南陔蔭滿。料采得芳蘭，一般葱蒨。結個茆廬，乍飛凉翠到書卷。　濃烟時落古研，更揮豪樹底，難認羲獻。蓋影雲邊，琴聲雨後，省識天街紅軟。鄉心自遠。問夢草池塘，黛痕深淺。玉宇秋高，化龍知未晚。

又

劉燕庭妹倩出所藏《小忽雷》見示，審定爲唐節度使韓滉製進，宫人鄭中丞以善彈得名。甘露之變，此器流落人間。至明季孔儀部得之，著有傳奇，與《桃花扇》院本相埒。乙亥夏，從葉東卿博士借讀一過。昔艷其事，今撫其珍，因有所作。闋尾當更觸燕庭故劍之思矣。

玉簫吹冷唐宫月，雙弦又攏銀爪。大樹將軍，春風女部，譜入清聲多少？宫商未了。問舞榭歌筵，幾番斜照。冊字題詩，琵琶何處説天寶。《霓裳》曾聽一曲，更摩挲故物，無限嬌好。鋏撥重彈，檀槽再撫，公幹輸君才調。青衫漫老。怕錦瑟華年，舊愁難埽。百衲琴材，燕庭藏一百衲琴賞音烟岫表。

綺羅香 家蘭雪舍人見贈其亡姬岳緑春墨蘭，奉酬

剩墨猶香，靈槎不返，一代嬋娟過了。明月重來，花影泪痕雙照。舍人悼亡有『傷心一樹梅花影，曾上仙人縞袂來』句。覓瑶釵、何處招魂，姬逝去前數月，在虎邱訪劉碧嬛墓，失玉釵，舍人招魂，葬於墓側。繡紈扇，幾家臨稿。吴中女子以姬畫蘭繡之團扇出售，輒得倍值。最傷神、五字吟餘，美人秋水寫懷抱。姬《咏茉莉》云：『葉如秋水色，花

有美人香。』
如今香冢寂寞，迴首塘西舊路，年年芳草。緑意紅情，幾曲斷腸詞妙。郭頻伽、劉芙初爲填《紅情緑意》詞。望銀河，青鳥途長，認金環碧桃春到。願詩翁、笑撚花枝，再生無限好。舍人梓甲申病後詩曰《再生草》。

一萼紅 同人過崇效寺看花

宴清宵，前夕餞春於龔定盦寓。更同扶殘醉，破曉過僧寮。弱梗霞挺，纖葩雪綻，牡丹纔劈芳苞。春盡也、繁英未舞，石幢外、底事黯魂消。古佛無言，棗花香裏，迴首冓朝。寺建於唐，修於明，有棗千株。
清韵何人首唱，訝相如末至，意興偏豪。孔繡山後至，而詩成最先。王氏遺株，蘇齋剩碣，花時空自攀條。覓吟屐、西江月落，東風軟、指點出墻梢。寺有阮亭，司寇手植丁香。覃溪學士泐石記之，蘭雪刺史植丁香於側，碑後題二絶句。唤起髯翁對花，共醉香醪。同人賦詩，用東坡《定惠院海棠詩》韵。

疏影 緑陰和韵

酴醿未落，漸碧陰□□〔一〕，平展芳幄。露濕風幽，檐際迷濛，疏枝半露山角。紗窗寂寂鸚無語，更緑到、石欄雙鶴。看亂紅、幾陣飛來，換了蚤春簾幕。
迴首韶光去去，絳桃剩馥在，空負前約。透入斜陽，一色銷魂，悵望天涯人各。涼雲又釀江南雨，恰好蔭、嫩苔生閣。怕翠烟、裊向羅屏，彩筆也難輕著。

【校記】

〔一〕此二字未能辨識。

滿江紅 題蔣心畬先生《雪中人傳奇》

一去翀天，看霜鶴、翩然而起。問當日、幾人爲丐，幾人識字。俊眼英雄塵世外，齊眉夫婦青山裏。憶緑梅、花下遇袁安，盈襟泪。　胡不卧，長安市。胡不酌，西湖水。更五羊，城北執鞭執弭。大業已成蠻海静，故人無恙醇醪美。剩玲瓏，片石矗荒園，含空翠。

又 用文信國公《和王昭儀》韵　謁謝文節公祠

草履麻衣，脱不去、冉朝山色。莽迴首，冬青樹底，趙家陵闕。張陸相招滄海外，程留交薦彤墀側。更傷心、故里望文山，秋芳歇。　曹娥孝，字不滅。首陽義，衷難説。剩橋亭一研，鴿班啼血。老泪灑將南度水，貞魂歸去西江月。到於今、祠屋備烝嘗，時無缺。

高陽臺

快雪甫霽，程春海少農速徐丈星伯主政家荷屋，中丞徐廉峰太史過余緑雲書屋，以『林表明霽色』五字分韵，余得『林』字。

竟夕篩瓊，漫天擁絮，凍雪猶沍平林。四九年光，倚欄寒重難禁。是日節届大寒。梨花不向枝頭舞，度重帘、吹影深深。更登臨萬樹斜暉，一抹遥岑。　銀沙别有明蟾映，坐琉璃世界，清夜沈沈。老輩尊罍，酒痕又上衣襟。竹萌滋味殘冬好，認江鄉舊夢重尋。少農以笋入饌。最關心雁在天南，雪在山陰。家兄甫之官會稽。

齊天樂東坡生日，同人集緑雲書屋

碧天猶有南飛鶴，長鳴爲公稱壽。赤壁當年，瓊樓今夕，想像鬚眉依舊。心香炷久。問皎月清風，我公來否。一醉靈辰，白梅花下酹尊酒。　春輝漸舒晝漏，恰朋簪偶合，煨栗菹韭。桐尾知音，劉實齋鼓琴。蘭亭紀事，潘少白作序。更喜長歌先就。梁蓼園諸君賦詩。他年定有。説景祐元豐，詩人前後。待過花朝，潁濱重拜手。約於次年二月二十日，爲子由先生作生日。

疏影 用姜白石韵　水仙花

幽姿似玉，恰晨葩半展，香涷經宿。欲覓芳踪，霧鬢風裳，閑愁只寄湘竹。珊珊略現凌波影，更不管、蘭橈南北。看此花恁地清寒，想見對花人獨。　三面瑶窗未敞，幾痕破素萼，春逗庭緑。月落雕梁，一縷吟魂，但與梅花同屋。明璫翠羽移情久，待寫入、伯牙琴曲。問甚時、縞袂相逢，莫艷楚江裙幅。

齊天樂

以高句麗紙丐慶漁杉農部作書，承録『夜坐秋感憐瘦落葉』。九日集龍樹院，諸近作見示，奉酬。

飛霜先上余雙鬢，西風更憐君瘦。黄葉寒山，青槐古寺，盡是秋懷拖逗。楞香詩中齋名坐久。問明月前身，可曾參透。一棹仙源，絳桃猶染舊衫袖。　翱翔郎署幾載，料朝回日日，書左琴右。白紵新歌，黄庭小字，貺與隨珠同厚。蝸廬半畝。怎移近詩翁，共賞尊酒。余寓齋可以眺遠，惜距漁杉居十六七里。更乞濡豪，晚香延閏九。余將以閏九誦芬圖索詩。

又送高巳生下第南歸

廿年離恨深如海，青衫又添新泪。絮影東風，鞭痕晚照，寫盡春人憔悴。驪歌未已。怨月裏吴剛，恁般多事。巳生久困名場，吾家少農可稱俊眼，但增我一番離緒耳。此别無多，亞蘭兩度瘦藤紫。時朱藤已作花矣。　天涯爲傳一紙，喜陔蘭蔭遠，池草香細。揭榜日得兄越州來書，中有巳生竹報。老我燕臺，思君麯院，一樣飄萍身世。流光似水。漫回首前塵。斷桐焦尾。杏再紅時，待携雛鳳起。

又題小素上人《望雲思親圖》

狄公一掬思親泪，千年尚含雲際。甬上青山，關中白髮，又入看雲圖裏。菩提樹底。乍風過陔蘭，者般香意。佛在心頭，個中原自有真諦。　前年禪榻幸接，上人昔駐錫南城觀音院，余居相距數武。對清潭説法，儒釋同旨。柹葉書工，爲余作八分書。黄花句好，余以《閏九誦芬圖》屬題。盡是蓮龕餘事。商山杖履。料也憶天涯，衲衣游子。頂禮慈雲，大椿多壽祉。

又題陳小松《燕郊走馬圖》

石湖詩老吟秋倦，東風乍催鞭影。酒緑衫痕，葩紅蓋雨，日與長安同近。天然畫本。料薊樹燕山，錦囊收盡。一顧龍媒，玉闓開處看君騁。　銀丸更教駐景，想銜珠不少，酬以蓉鏡。雲路蹄香，廬山手妙，一様春濃紅杏。鄉愁漫引。看我亦萍飄，半凋華鬢。瑶碧新詞，翦鐙知味永。

百字令 題睡香花室《悼亡詩》後

睡香花影，記年時曾上，飛瓊鬟緑。十二迴欄春未醒，秋色乍催蘭燭。畫篋殘山，詩牌剩墨，到眼愁懷觸。姍姍來矣，返魂先炷靈馥。　應有無限纏綿，高堂鶴髪，雛鳳翩如玉。珍重潘郎顔鬢好，休製斷腸詞曲。僕亦中年，芳巾掩恨，往事思量熟。《楞伽經》在，與君花下同讀。

滿庭芳 小素以月亭長老《蘭竹畫本》索題，時月亭圓寂三年矣

一徑幽篁，幾叢芳蕙，妙香吹遍人天。零綃黯墨，誰證畫中禪？龍樹杈丫未老，深深護四壁雲烟。危樓在，西山晚翠，飛繞舊蒲團。月亭居城南龍樹院，對西山建小閣。　無端，增悵望，花流退筆，冢草秋寒。問遠公意態，可似張顛。兩禪師俱工書。來去龕邊燕子，斜陽外、小幢流連。比鄰久，重題故紙，香火話因緣。小素昔駐錫觀音院，余居相距數武，竟未因之乞畫。

鎖窗寒 秋聲

記否年時，重簾下晚，夾衣添早。寒生耳畔，半在葦根林杪。倚銀屏、難芟舊愁，西風又引新愁到。待玉釭微燼，羅衾仍薄，一蛩吟小。　不了，離懷渺。正月滿南樓，斷鴻霜叫。鳴笳塞遠，分得秋聲多少。料機邊，情絲織成，幾家少婦衣未搗。更驚心，古寺疏鐘，夢入吴天曉。

買陂塘 題陳秋穀《西溪夢隱圖》

漾蘭舠、半溪鮮緑，東風絲柳如翦。青山不減銷魂色，况又舊游留戀。春未晚，只鷗鷺、情深萬頃烟波淺。漁竿漫選。怕瓊島留人，金臺繫馬，違了夢中願。　西湖好，道是長安聽慣，難拋襟上紅軟。年來我亦歸心急，秋到蓼花洲畔。余家固始古蓼灣。人不遠，向雲水、窩中結個填詞伴。芳茭翠滿。更一瓣香清，雙甌荈碧，時與太鴻見。

高陽臺 題孔丈琴南《桃花》畫册

曉樹新鶯，春風快馬，長安争道看花。垂柳村邊，絳桃獨自横斜。孝廉船底潮催急，奈東君，只愛穠華。暫銷凝，芳草無塵，流水無涯。　琴尊饒有蕭疏趣，想渡頭舞雪，竹外欹霞。紅杏壇高，武陵不羡仙家。蔦蘿竊喜喬松附，望徂萊、肯讓雲遮。認前溪、香霧迷濛，問字停車。

長亭怨慢 題姚楳伯《倚梅圖》

乍聽得，鶯喉圓轉，似水如花，泪珠成串。未到春歸，落紅心事，太零亂。畫梁泥軟，休妒煞雙棲燕。把酒祝東風，開并蒂瓊葩千萬。凄斷，縱填成艷曲，怎解玉簫幽怨？羅浮蝶小，怕香夢不温鴛幔。問素雪果在梅心，定梅瘦雪肥相伴。看翠袖盈盈，長捧詞人青研。

踏莎行 陳秋穀屬題張憶娘《簪花小影》

霞臉纔舒，雲鬟半起，怕教俗眼憐憔悴。裙邊袖角遍愁痕，寫花恁寫花心事。繡谷尊前，隨園句裏，艷君真個清狂似。携歸蘇小作同鄉，眉峰又染西湖翠。

又 爲潘紱庭題《紅綫寫像》

玉警霜天，烽銷烟隴，奇勛不許男兒共。倘教一劍借明妃，紫臺怎得留青冢。去似驚鴻，歸非跨鳳，重幃未醒痴人夢。宮中鈿盒亦團團，儘他鼙鼓漁陽動。

綺羅香 題石敦甫《松菊猶存圖》

廿載栽花，松高幾尺，菊幻幾叢奇種。香過陔蘭，芳意乍勾鄉夢。迓歸舟、老幹濤寒，點吟髭、矮籬霜重。奈西泠、楊柳多情，替人長繫使君鞚。　如今琴鶴再泛，可有龍山俊侣，清樽還共。帽壓黄花，只許松風吹動。憶故人、賀兼湖邊，正無數、白鷗相送。家舅曩同官於越，昨引疾歸里。待他時、翠老宜園，余家宜園三柏，數百年物也。菊英秋滿瓮。

百字令 題葆瑛夫人《學隸圖》。夫人爲曲阜孔孝廉憲彝室

岱雲深處，想烟霏翠袖，露垂斑管。不仿簪花時世格，蝌製籀文初變。紙國霜清，珠泉墨灑，隼尾横秋健。玉臺樵罷，別開無數生面。　遥想闕里，枚枚豐碑林立，一一摩挲遍。應有風吹松子落，香到曲廊鴛研。貝葉翻經，蘭閨儷句，光景豪端見。承示隸書《多心經》及《繡山舊研歌》拓本。百年盧李，吾兩姓爲昏媾將百年。素箋長寶丹篆。

蝶戀花 題孔星盧《淮陰聽雨圖》

花萼樓臺淮水照，何處池塘，緑到王孫草。風片雨絲情渺渺，晚秋圖畫天然好。　齊魯雲峰青

未了，無數鄉愁，并作聯床稿。我亦夢飛淮上棹，相思一雁山陰道。家兄引疾，將自會稽歸里。

張錫圭跋

先外祖《半舫館剩稿》，錫圭権厘固始于乙亥秋，始由小莳母舅處索回。當商同祥齋表弟、捷笙表侄集資付梓，已購版校字。丙子春，権務瓜代，事遂中止。甲申秋，錫圭幸補密令，捧檄履任。公事稍暇，倩金惠人茂才，命兒子廷誥同司校事，即付手民。錫圭于公身後應辦之事尚多，此亦一端也。刊成，爰記顛末于後。光緒十一年歲在乙酉，仲夏，知州銜河南開封府密縣知縣、外孫張錫圭謹記。

附録　吴葆晋相關資料輯選

說明：傳記類文獻居前，其他交友類文獻次之，略以作者卒年先後排序。

吴都轉葆晋

吴公葆晋，字紅生，河南光州人。家世貴顯，公生而明慧，幼輒從姊氏講聲音訓詁之學。及長，風格清整，以詞章名於世。道光九年成進士，官内閣中書，洊升侍讀，久宦京師，絶不趨附達官，而遇名流愛之若渴。四明姚孝廉燮，才士也，嘗有《恩縣秋感題壁詩》。公與高廣文錫蕃讀之，深契其才，適閽者報姚來謁，公大喜，輒置酒飲宴，即席同錫蕃聯句五章以貽姚，詩曰：『千里送長風晋，三年魂夢中。思君如鸞鶴蕃，放筆作雲虹。鞭指疏林罅晋，詩題壞壁叢。舊篇今日讀蕃，奇鶩縱鴻濛。拊掌忽狂笑晋，短驢來樹陰。合并有神劍蕃，歌泣裂瑶琴。鯨嘯家何在晋，蛟涎衣尚侵。爲言寰海謐蕃，蓬島此重尋。霜鬢竟如許晋，且彈貢禹冠。何人追玉局蕃，惟爾長珠槃。入律自蒼古晋，冶神無瘦寒。大梅山館上蕃，灝氣挽危湍。問訊珊珊佩晋，美人來未來。兵戈偏滯信蕃，風雨獨銜杯。畫嶝心如結晋，明瑠首重迴。此時桃李艷蕃，可憶一枝梅。休悵雨聲凄晋，雨窗燭影低。酒拚千日醉蕃，世孰百年栖。風雅怨將歇晋，津梁幸不迷。披吟同懊墨蕃，聊以志鴻泥。』公之愛才如此。後守揚州，擢淮揚道，晋銜都轉。咸豐十年死於捻寇之難。案：《平定粵匪紀略》，庚申正月，捻匪竄長淮，吴督察葆晋率軍守清江，會都司德興敗於順清河。河督某退保淮城。二月朔日，寇大至。副將舒祥、都司丁建功禦之，皆陣亡。吴公死於難。署宿南通判沈鴻亦被害。事聞，賜恤如例。復莊詩，同參《顯志堂稿》。

出處：清陳繼聰撰《忠義紀聞録》卷二十三；周駿富輯《清代傳記叢刊》第六十册，台北明文書局一九八五年版。

吴葆晋

吴葆晋，字紅生，河南光州人。道光壬午科進士，庚戌任江寧府，升鹽巡道。書院課士，取經術湛深者置於前列，嗣因尊經山長歸里代閲課卷，評定甲乙，士論翕然。章鼎、黄汝蘭皆其所拔識者也。

出處：蔣啓勛等修纂《同治續纂江寧府志》卷十四之一《人物》，江蘇古籍出版社一九九一年版。

吴觀察忠烈

光州吴紅生觀察葆晋，由中書京察出守揚州。貌嚴内寬，愛民如子。咸豐八年秋補淮海道，九年春袁江失守，河帥以下俱幸獲生，而公獨於百子堂前駡賊遇害。精忠致命，大節凛然。王春寅茂才爲公門下士，述公死事如此。

出處：齊學裘《見聞續筆》卷二十三，清光緒二年天空海闊之居刻本。

吴恭人家傳

恭人姓吴氏，世爲河南光州名族。祖福建巡撫士功，父兵部右侍郎玉綸。侍郎中娶任夫人，實生恭人。性至孝，十二歲能詩。侍郎命學古文，議論多越常識。今署江蘇按察使紅生先生名葆晋，以文學名於時，恭人季弟也，幼嘗從姊氏講聲音訓詁之學。年二十有二歸户部郎中定遠方先生諱玉璞，事君舅如事父母，隨先生之官，治内有條理，時以北方物寄舅，必手苴完固，歷舟車數千里不壞，其處事精密多類此。教子不以煦嫗爲愛，長子爲吾師鐵君先生，幼多疾，憚嚴師，晨起必口授所讀書數十過，始命入塾，夕則然鐙課之，恒至夜分。爲文抉摘疵累，不少寬，有過必痛繩之。嘗曰：『父嚴母慈固也，然童稚依母時多有過，父不必知，母知之而縱之，不可爲矣。』人以爲至言。又訓吾師曰：『學問以虚心爲第一義，治己必嚴，交友必慎。』吾師之視學湖北也，又訓之曰：『自處宜刻，待人宜寬。諸生無大過失，宜爲國家愛護之。』以是終吾師任，未嘗扑一人，人亦鮮犯律者。自奉儉約，祭品必潔，塾饌必豐，贍親戚恤孤嫠，不遺餘力。平生尤深於史學，著有詩文若干卷。諸子請付梓，不許，曰：『闇闇知名，非福也。』最後就養湖北，逾年吾師引疾歸，會恭人亦病，留九月始發，至巢縣卒，年六十有二，時道光二十年也。子孫詳《恬庵先生傳》。

馮桂芬曰：劉子政傳列女，首母儀，次賢明，次仁智，而抑辨通於第六。歷考古來賢媛，率不以文章重，豈優於德者果絀於才邪？《易》曰：『在中饋，無攸遂。』《詩》曰：『無非無儀，惟酒食是議。』噫，婦職固在此不在彼也。觀恭人『知名非福』一語，旨深哉！旨深哉！

出處：馮桂芬《顯志堂稿》卷六；沈雲龍編《近代中國史料叢刊續編》第七十九輯，台北文海出版社一九八二年影印版。

與吴虹生書十二則

與吴虹生書（一）

弟因歸思鬱勃，事不如意，積痗所鼓，肺氣横溢，遂致嘔血半升，家人有咎酒者，非也。但嘔後仍跳如生獐。昨仍徒步出門，到黟館訪俞理初劇譚以散之，滌蕩之；歸來不加劇，想無事矣。承訪，承存問之，感不可言。今日又得橋尾之賜，仍賒酒與兒女共酌之，仍無所苦，惟午倦思就枕，餘無异平日。明日，先詣龍泉寺饌伊蒲畢，赴子瀟約。聞高巳生允爲嫂夫人設祭，固見兩君交誼如此深篤，亦由昔年中饋待賓客之賢，惜爾時弟未登堂，相知在已生後也。明日，或寺中，或子瀟處，必有相見之緣，但不能定何晷刻。前托查葉坦齋煒同年請誥封一事，未知已托誥敕房友人否，葉來催問也。榜言在邇，恐諸君今年最熱鬧不日風流雲散，弟不知能隨同鄉下第人，執鞭鐙而渡黃河否？不盡欲言，謝謝！虹〔一〕生仁兄，四月初七日。

【校記】

〔一〕此字底本爲紅，爲便于閲讀，統一爲虹。

與吴虹生書（二）

弟事尚無準駁明文，而有一書辦來求見，弟不屑見之，該吏留一札而去，大指欲挑斥呈中詞，與例文稍有未符之處。謂家大人現既不就養京師，即係不符，且勸弟撤謊，謂家大人業已來京，即可邀準。弟寧化异物做同知，而斷不願撤此謊也。只合瞑目，聽其自然，聽諸一定之數，使夢寐中無愧怍，不肯欺親，又欺君，又欺子孫耳。適楊忠武公之孫送來楊公《中外勤勞録》一册，飲酒讀之，壯心勃勃！且知楊忠武年未四十，鬚髮盡白，而弟亦如此，甚以自慰。如明日部中竟惟書辦是從，將弟駁斥，弟亦俯首就選，投筆出都。男子初生，以桑弧蓬矢，射天地四方，何必一生局促軟紅塵土中，以爲得計乎？惟望閣下勉事聖朝，不日躋九列，弟翹首青雲，預有榮施。其準信明晚自知，然已知十之九也。醉後狂書一紙，先以報左右。《圓圓曲》云：『錯怨狂風揚落花，無邊春色來天地。』以此自祝。又云：『此際豈知非薄命，此時只有泪沾衣。』則今日我兩人之情也。十九日，無名氏。

與吴虹生書（三）

舊署已辭，新銜未授，此身清暇，索逋者又暫相貰，無剥啄聲，而荷屋中丞騶從光臨，面誘一切，雨中暢讀吉金樂石，奇文异字，此皆閣下及廖鹿儕之賜，感何如也。明日文戰想不改期，先此布謝閣下噓枯吹生之賜。又如崇效寺三官廟亦妙花開，何日偕鹿儕作半日看花之游。此候虹生先生軺安。

與吴虹生書（四）

有戴雲帆一札，吾兄閲之自悉，第不知兄已與丹木往還否？又不知已入他同年之局否？丹木則譚次間極欽慕吾兄，且囑弟云：足下如見招，必須有虹生云云。言之再矣，爲此布商。再丹木十九日公局不到，渠不喜絲竹。我等請之，自十四以至十八，此五日内，無不可也。此候虹生十四哥親家大人升安。

與吴虹生書（五）

惠鵝，當以蠟丸體臨《黄庭經》爲報。明日趨賀雲南典試之喜也。此候不一。

與吴虹生書（六）

趙伯厚云：吾兄欲約弟及渠作西郊之游。弟係十五日下園，十六引見；而從者係十四日下園。伯厚亦同日此游作何期會，作何章程，願惟命是聽，惟馬首是瞻，勝于在家窮愁也。乞開示一切。即問虹生十四兄轺安。

與吴虹生書（七）

今年尚未與閣下舉杯，春寒宜飲，乞于明日未刻過敝齋，翦韭小集。坐間蘭谷、醇士、鷗鄰、東之也。此訂。虹生年十四兄先生史席。

與吴虹生書（八）

弟此節俗冗，焦頭爛額，對月對酒皆不樂。樽前月下，尚有剥啄之聲，如禦十萬敵，必須在家首先搪拒，竟無福前來望見顔色矣。虹生十四哥大人節喜。

與吴虹生書（九）

琴譜凡有幾種？尊齋現有者幾種？均求開示借閲爲幸。此候虹生老閣長道安。

與吴虹生書（十）

晤馬止齋細商榷，又查《明史》《詩會》中不錯，沈歸愚亦不錯。三關，即山西也。徐星伯先生注三關下云：在大同外，大錯。三關者，雁門、寧武、偏頭也。皆在太原之北、大同之南、不在大同外。本朝君臨蒙古，大同外，鄂爾多斯始通職貢。明時九邊，大同已屬極邊，豈復有外哉？惟三關在大同内，謂之山西亦可，謂之太原亦可。《明史》作太原，《廣輿記》作三關，其實一也。其延綏當統以榆林；榆林地名古，又近邊，延綏在内，榆林在外，以榆林爲主可也。山西三關得爲九邊之一，猶宣化之有居庸，所謂重門叠户者也。鞏祚白事虹生几下。

與吴虹生書（十一）

虹生老閣長年十四兄親家大人侍史：閲邸抄，知坐炕之喜。江湖憔悴之人，原不必讀邸鈔，乃于邸鈔得此一喜，使弟神往于東華矣。弟去年游秣陵，有宜興吴生者，索長安知交書，予以一函囑進見，其人忽輟棹不北。今有同鄉馬孝廉，新發于硎，索長安知交書，仍予以一函，囑進見。弟搜索枯腸，長安知交，固惟有一虹生，使更有數人乞書，弟亦荐向尊齋耳。馬生自博雅可談，進而教之可耳。家大人病新起，氣血大損。弟今年仍不能不出門，向來薄宋士大夫罷官後乞祠官，今之書院講席，又出領祠之下，乃今日躬自蹈之。已就丹陽一小小講席，歲修不及三百金，背老親而獨游，理兔園故業，青鐙顧影，悴可知已。新正三日，即出門，今日爲辛丑第二日，大雪中作此，老梅蜷曲，吐兩三花，黯黯有别意。前此寄《己亥雜詩》一本，想收到。劉星舫過杭州，弟時秣陵未返，未一見。長女今秋出閣，知關廑慮，以聞孔繡山孝廉想必計偕在京師，小女生年支干，寄呈左右。前孔宅郎君支干，由尊處寄下，已收到；此事仍浼年大人爲介，何如也？孔與尊府親戚，一也；與弟有鶼鰈之好，孔所深知，二也。杭州斷斷無寄曲阜信之便，此後消息，只好由京師轉達，不能徑達曲阜，三也。此懇此懇，釃酒遥祝寄兒聰穎，他日文章如龔定盦，位業如其阿翁，以此兩言爲報謝。此賀新禧。不盡。

又有欲言者：哲兄公祖竟未得一見，昨在杭，知其已投牒欲歸，大吏縻之不可不知還都下乎，抑竟歸山也。如在都下，則此後消息，尚易知也。高已生，弟訪之于崇文書院，爲抄夾帶之士所叱，賃書院過夏，抄夾帶不得入，雖不得見，此事絶奇！杭州之奇景也蔣子瀟想在都禮部試，馬湘帆已服闋還都否？此信到，想諸君游崇效寺看海棠歸，然絳蠟一枝，共讀我蠟丸書可乎？

與吴虹生書（十二）

虹生十四兄親家年大人侍右：别吾虹生十閲月，固未嘗有隻字與一切朋舊，并無隻字與虹生，蓋欲致虹生書，即萬言不能了矣。近來胸中怕觸動哀樂事而弟頽放無似，往來吴越間，舟中之日居多，在家則老人且不得蕭閑如先輩林下之樂，况弟乎？出門則干求諸侯，不與筆硯親，幸老人有别業在蘇州府屬昆山縣城，距杭州可三日程，弟月必一至，内子亦暫頓于是。弟至其地，則花竹蔚然深秀，有一小樓，面山，樓中置筆硯，弟偷閑暫坐卧于是。今日北客欲行，催我作書與虹生，墨不及濃，即在此樓之所爲也。弟去年出都日，忽破詩戒，每作詩一首，以逆旅鷄毛筆書于帳簿紙，投一破簏中；往返九千里，至臘月二十六日抵海西别墅，發簏數之，得紙團三百十五枚，蓋作詩三百十五首也。中有留别京國之詩，有關津乞食之詩，有憶虹生之詩，有過袁浦紀奇遇之詩，刻無抄胥，然必欲抄一全分寄君讀之，則别來十閲月之心迹，乃至一坐卧、一飲食，歷歷如繪。

此詩夏日必到大川店，今固不暇也，須排比之故也。奇遇一節，記君餞我于時豐齋之夕，言定盦此游，必有奇遇合。何以君能作此讖？但遇合二字甚難，遇而不合，鏡中徒添數莖華髮，集中徒添數首惆悵詩，供讀者迴腸蕩氣，虹生亦無樂乎聞此遇也。江春靡靡，所至山川景物，好到一分，則憶君一分，好到十分，則憶君亦到十分，所至恨不與虹生偕，亦不知此生何日獲以江東游覽之樂，當面誇耀于君，博君且羨且妒，一拊掌乃至掀髯一相嘲相詬病。已矣，恐難言之矣。今秋努力，江浙兩省爲一副考官，目下爲欲復晤龔定盦，而埋頭作小楷，以冀一得當焉，何如？去年謁孔林，有『清樽三宿孔融家』之句，愛其淳古，與繡山之弟經閣六兄言及，欲締一重姻好于君家，爲他年重到之緣，經閣許之。兹繡山書來，又承虹生作媒，欣慰！欣慰！小女竈下婢所生名阿蕁，年五歲矣，其母已死，内子鞠之，人固不論其所自生也男子尚然，女子似可不深論。繡山降心許之，乞虹生爲我致詞曰：謹遵嘉命而已，繁文縟禮，弟皆不知，此後但以一紙書來爲定。外有地脚一紙，乞致繡山弟，此時斷斷不暇作書與繡山矣。星房、星垣兩同年可常常見？見時説定盦心緒平淡，雖江湖長往，而無所牢騷，甚不忘京國也。順問合潭安樂。

出處：龔自珍《龔自珍全集》第五輯，上海人民出版社一九七五年版。

己亥雜詩八首

其二十六

逝矣斑騅罥落花，前村茅店即吾家。小橋報有人痴立，泪潑春帘一餅茶。出都日，距國門已七里，吳虹生同年立橋上候予過，設茶灑泪而别

其三十

事事相同古所難，如鶼如鰈在長安。自今兩戒河山外，各逮而孫盟不寒。光州吳虹生葆晋，與予戊寅同年，己丑同年，同出清苑王公門，殿上試同不及格，同官内閣，同改外，同日還原官

其一百五十四

高秋那得吳虹生，乘軺西子湖邊行。一丘一壑我前導，重話京華送我情。時已知浙中兩使者消息，非吳虹生也。祝其他日使車莅止耳

其一百五十五

除却虹生憶黄子，曝衣忽見黄羅衫。文章風誼細評度，嶺南何減江之南？謂蓉石比部

其一百五十七

問我清游何日最？木樨風外等秋潮。忽有故人心上過，乃是虹生與子瀟。吴虹生及固始蔣子瀟孝廉也

其一百六十九

磨之道義拯之難，賞我出處好我書。史公副墨問誰氏？屈指首寄虬髯吴。欲以全集一分寄虹生，未寫竟

其二百一十七

迴腸蕩氣感精靈，座客蒼涼酒半醒。自别吴郎高咏减，珊瑚擊碎有誰聽？曩在虹生坐上，酒半咏宋人詞，嗚嗚然，虹生賞之，以爲善於頓挫也。近日中酒，即不能高咏矣

其二百二十二

秋光媚客似春光，重九尊前草樹香。可記前年寶藏寺，西山暮雨怨吴郎？丁酉重九，與徐星伯前輩、吴虹生同年，連騎游西山之寶藏寺，歸鞍驟雨。重九前三夕作此詩，閣筆而雨

出處：《龔自珍全集》第十輯，上海人民出版社一九七五年版。

江城子

光州吴水部有姬人善製焙青豆，姬亡後，小窗茶話，仍出青豆供客，俊味如昨，而水部霜辛露酸，不可爲抱，語余：君如憐此物矜重者，贈我一詞。

不容紅豆擅相思，謝芳姿，嫁多髭。長爪仙人，化去已多時。屏角迷藏簾畔景，留客罷，怪來遲。

小窗梅雨浥空卮，掬芳蕤，播幽籬。療可枯禪，難療有情痴。各有傷心茶話在，各焙出，鬢邊絲。

百字令

乙未立秋日，同年慶漁山户部勛、招同吴虹生舍人葆晉、馬湘帆户部沅、戴雲帆水部絅

孫、步香南編修際桐、徐鏡溪水部啓山，集城北積水潭秋禊，登西北高樓縱飲。

江郎未老，尚追陪彩筆，多情俊侶。禁苑山光天尺五，西北朱甍無數。珂佩晨閑，文章秋横，祓禊西山雨。尊前酹起，茶陵來和詩句。地爲李西涯故宅　猛記舊約湖山，長灣消夏，一舸尋幽去。裙褶留仙無處問，瑟瑟秋荷南浦。易穩鷗眠，難消虹氣，且合詞場住。橋名相似，吟鞭醉失歸路。洞庭西山之消夏灣有香水橋，此地亦有之

出處：《龔自珍全集》第十一輯，上海人民出版社一九七五年版。

吴紅生舍人葆晋以壬辰閏重九詩畫卷索題，即次卷中原韵

百年俯仰旬餘滚滚緇塵客，僅此披吟半日閑。九日馳驅佳節外，將以重陽後一日出京，因借用韋蘇州詩語百年俯仰畫圖間。卷中有乾隆年間閏重九詩事，計此後閏重九又約須百年登高祇惜遲良會，望遠先應憶故山。余以壬辰閏九月，在里中與諸同人舉展重陽之會留得鴻泥作詩話，博君一曲度陽關。時以紀行詩索紅生和作

題蘇齋師與吴香亭先生手札卷後吴紅生所藏

吾師老輩風流墨未乾，當年往復罄交歡。吾齋亦有尊聞奔，惜未携來并几看。談藝斷斷不苟同，吾師殊有古人風。虔誠敬慎全交道，札中語此紙真堪質籜翁。卷中有詆誚錢籜石先生之語，而余在蘇齋談詩時，則熟

聞吾師推服籜翁甚至，與此札正堪互證

出處：梁章鉅《退庵詩存》卷二十五，清道光刻本。

乾隆丙子，吳浦山士功中丞提刑湖北提學。陳未齋浩宮詹於閏九日贈詩招作，展重陽之會閱七十六年。道光壬辰閏九日，中丞之孫紅生葆晋太守方官内閣，招集同人追和前作，乃作閏九誦芬圖，和者甚夥，屬予繼聲

佳辰那得常逢閏，雅集難期正值閑。新咏又留千古迹，舊游都隔萬重山。承先佳話勛名外，來暮歡聲道路間。早識頤園觴菊會，雙旌應也叩柴關。謂今年九日頤園雅集

出處：湯貽汾《琴隱園詩集》卷三十五，清同治十三年曹士虎刻本。

答吳紅生

揚州太守有書來，筆札依然手自裁。想見從容開畫舫，更無塵雜到靈臺。飽聞魏國花金帶，曾否江都草玉杯。會與君家老西谷，蕪城一爲訪詩材。

出處：梅曾亮《柏梘山房全集詩集》卷八，清咸豐六年刻，民國補修本。

夜過小山吟館，吴嵩少水部俊民、紅生孝廉葆晋出佳釀飲余，且勸每飲少許得養生之助，漫成一律

良宵訪良友，把酒共陶然。半載方師佛，三杯忽欲仙。飲醇分德水，流潤到情田。旅枕愁難寐，何妨瓮底眠。

出處：張維屏《聽松廬詩鈔》卷八，《清代詩文集彙編》第五百三十三册，上海古籍出版社二〇一〇年影印版。

得吴嵩少水部紅生孝廉書，以詩答之

日下仙梯近，塵中宦海危。同心嗟契闊，搔首輒相思。公子延陵裔，圭璋特達姿。縹緗家學重，杞梓藝林推。族黨時周恤，丹丸歲樂施。定知萱必壽，共道竹能慈。太夫人好善樂施既得塤篪樂，還兼兑澤資。陔蘭方采采，華鄂信怡怡。室小書爲壁，窗虛樹即帷。幽花當檻笑，好鳥隔簾窺。硯席分燈課，名場并轡馳。辛勤紹弓冶，澹泊見襟期。我宅番山下，君居易水湄。萍蓬倘終隔，針芥莫由知。竟爾投膠漆，真教慰渴飢。京華曾久住，步履屢忘疲。密坐晨還夕，深談喜或悲。藤陰風料峭，花氣霧迷離。駕部金藝圃呼難起，豪吟杳莫追。鬚眉思宛在，風雨助淒其。太息音塵

逝，空令意興衰。敝裘衝朔雪，倦羽憶南枝己卯下第，欲南旋，兩君固留過夏。勸寫三千字，同傾五百巵。畫圖披没骨，酒味辨加皮每過君齋，必置五加皮酒。最愛雕闌小，能收遠景奇。江亭勢空闊陶然亭，城堞影參差南西門。佳節尋芳去，輕車并坐宜。名園苔似錦金尚書故園，野店竹爲籬。沉醉憂能洗，疏狂態不羈。擬將長笛弄，共譜小山詞齋前有石，余名之曰小山，繪圖題咏。望我登霄漢，憐余墮路歧。西郊金縷贈，南陌玉鞭垂壬午出都，追餞于西郭。行止身難定，升沉命早司。漫云花滿縣，應笑筆如槌。印綬權新蔡，堤防没舊基。濤聲嘯彭蠡，江勢舞馮夷去夏黄梅水患。雁户愁漂溺，蛟宫嘆渺瀰。驚魂出波浪，灑涕撫瘡痍。紅粟傾倉發，青錢按口支。灾黎幸安輯，薄宦又遷移。遂鼓黄州棹，因尋赤壁詩。形勢同馬磨，性拙合鳩茲冬抵松滋，古名鳩茲。回首同觴咏，奚曾料險巇。一書來遠道，三影聚何時。夢盼熊羆速，紅生尚未得子心毋燕雀卑。詞垣清望在，尊甫少司馬香亭先生努力上雲逵。

出處：張維屏《聽松廬詩鈔》卷十一，《清代詩文集彙編》第五百三十三册，上海古籍出版社二〇一〇年影印版。

水部聽琴圖歌，贈醉生水部俊民并簡紅生中翰葆晋

延陵水部心如水，落筆詩詞剪霞綺。太白宜稱酒裏仙，小紅合聘閨中美。燕趙花多爛漫開，東君倦眼懶移栽。種成碧玉英皇裔，君姬人姚雪初捧出明珠洛浦來。歸自河南女嬃早有培香意，膝下彈琴

得高弟。親傳弦指受中州，遠送香輪歸北地。君姊桂林夫人善鼓琴，用中州指法，授其女小桂，而姚姬幼從小桂學琴。姬歸水部，亦夫人爲蹇修也绿雲館内春日晴，家宴不用箏琶笙。玉纖徐動妙響發，翠袖隱隱松濤聲。姬字翠濤夫人城上慈雲庇，金徽不語知人意。試聽絲桐太古音，中有蘭閨太和氣。君配邵安人，極慈惠吴剛眷屬本仙家，環珮飛瓊萼绿華。琴譜校成工掃葉，紅生有女曰婉宜，亦學琴，時方校琴譜琴言鈔就比簪花。紅生有姬曰秋紫，工楷書碧空雨過天如洗，秋聲未動琴聲起。醉生醉倒百花前，一庭月似瀟湘水。姬尤工《瀟湘水雲》一曲漫邀三影訪成連，君昆季欲携琴送余于天津，且約觀海門外波光即海天。此去江湖聞雁語，秋心飛上七條弦。君許命姬爲余鼓《平沙落雁》，余出都不果

出處：張維屏《聽松廬詩鈔》卷十五，《清代詩文集彙編》第五百三十三册，上海古籍出版社二〇一〇年影印版。

除夕前一日雪後，吴嵩少紅生昆季招過小山吟館賞唐花

方珪圓璧盈街衢，雪消厥壤惟泥塗。爛泥深没僕夫脛，躍起或在公卿鬟。斯時秖合枕書卧，客中况復一事無。小山主人興不淺，折簡催客如催租。大川屈曲不半里，大川澱，地名小車薄笨聊一驅。到門花氣已藴藉，入室宛覯傾城姝。洛陽國色艷而富，天台仙質清且都。繡簾垂垂爇獸炭，惜花爲怕寒侵膚。細觀花態似羞澀，芳時未至强之舒。想其閉置向花窖，火焰熏炙如洪鑪。由來人

事奪天巧，千般造作供歡娱。轉思吾鄉得春早，嬌紅姹紫紛庭除。便乘花船看花去，安用駕彼騾馬驢。久晴單袷已可試，適體似勝貂襜褕。主人開言快撫掌，竟欲一覽珠江珠。郵程屈指八千里，跋涉未免多煩紆。我謂主人且飲酒，勿拋實境游於虚。花爲美人石爲友，一日可以傾一壺。對花未飲我先醉，久客欲破枯禪枯。談深客倦别花去，不知明月爲歲除。

出處：張維屏《燕臺四集》，《清代詩文集彙編》第五百三十三册，上海古籍出版社二〇一〇年影印版。

庚寅六月初二日，龔定盦禮部自珍招同周芸臯觀察凱、家詩舲農部祥河、魏默深舍人源、吴紅生舍人葆晋，集龍樹寺，置酒蒹葭簃

老樹百年柯葉改，天龍一指春長在。前明龍爪槐無存，寺僧補種一株酒人醉眼半模糊，一片蒹葭緑成海。樓頭簾卷西山青，座中簪盍皆豪英。主人好客善選勝，此地壓倒陶然亭。

出處：張維屏《松心讌集詩》，《清代詩文集彙編》第五百三十三册，上海古籍出版社二〇一〇年影印版。

復吴紅生中翰書

紅生足下：遠别得書，如接晤語。君緘江魚，共水南下；我夢朔雁，隨風北飛。回憶東華羈緒，西郭游踪。新蘆瑟瑟，似近清秋；短車摇摇，如坐小艇。但見野水，便疑路入江南；忽逢鄉人，不信身留薊北。入市且沽白酒，問人材可有狗屠；筑臺偏號黄金，嘆士氣何如馬骨。園亭寂寞，鄰翁猶説《尚書》；花木幽深，旅客慣尋老衲。於時僕寓古刹，君居横街，與哲舅醉生水部二陸比屋，兩蘇對床。暇即見招，來常不速。雜化五色，异香入簾；瘦石一峰，凉影在户。述少時之樂事，結永日之清歡。縱横二萬里，對酒披圖；上下五千年，翦燈論史。當時促膝，本屬尋常。此日迴頭，都堪係戀。面朋百輩，難覓心交一人；凡卉千林，何似芳蘭九畹。蓋針芥以氣合而共洽，笙磬以音同而易諧也。屏田無負郭，泉又出山；浮類萍飄，困同株守。足駐章江之畔，神游盧岳之巔。落霞秋水，王子安詞賦長留；楓葉荻花，白司馬風流宛在。溯舊聞於縣尉，卑官亦有神仙；談軼事於園翁，高士竟辭富貴。緬古人兮不朽，笑今我兮何爲？看宦場之捷獵，每善猱升；顧野性之疏慵，早思鷁退。惟是樂飢有水，避債無臺。聊馴浩蕩之鷗，彊舞氍毹之鶴。且效蒙莊齊物，休以天鈞；敢同老杜稱名，兼乎吏隱。山長水遠，悵良晤以何時；雨别風離，嗟舊游之若夢。望二難於天末，我正思君；話三影於樽前，君應念我。郵人遄發，書不盡言。北地嚴寒，諸惟珍衛。

出處：張維屏《聽松廬駢體文鈔》卷二，《清代詩文集彙編》第五百三十三册，上海古籍出版社二〇一〇年影印版。

齊天樂

醉生水部、紅生中翰，余二十年文字友也。其齋前有太湖石，僅數尺而有山意。余每入都，數過從談宴，因名石曰『小山』。爲填此調贈之，并呈小山館主人。

幾時湖上烟鬟動，移來縐雲三尺。似笋偏高，如藤較潤，妙倩苔花皴碧。孤峰峭立。看瘦骨玲瓏，异姿英特。坐玩行吟，主人相對倍珍惜。　　南天飛到一客，與延陵二妙，同話今昔。酒叙離悰，詩追夢緒，石丈從旁聽平聲得。無言脉脉，想叢桂當年，小山踪迹。意欲留人，古歡朝更夕。

出處：張維屏《花甲閑談》卷六，清道光富文齋刻本。

……

吴玉綸

余與公子嵩少水部俊民、紅生中翰葆晋爲文字交，垂二十年。嵩少昆季寓横街大川淀，余每入都，暇輒過從，樽酒論文，清歡永日，古書繞榻，綠陰壓檐，渾忘身在軟紅塵土中也。一日邀余小飲，又出《引藤書屋圖》觀之，引藤書屋者，先生移寓横街，分古藤而引其蔓以爲新藤也。此圖題咏不減前圖，余最愛曹習庵學士『人如五老當筵集，花有雙身隔巷移』之句，又劉石庵相國句云：『消得一庭人影月，紫英飄落酒杯中。』相國詩罕見此清麗者。

出處：張維屏《國朝詩人徵略》卷三十八，清道光十年刻本。

雨後訪吴紅生舍人葆晋看西山

高閣對蒼翠，雨餘秋滿天。鐘聲自鄰寺，野色接階前。綠酒故人共，青琴古調傳。羨君休沐暇，於此息塵緣。

出處：葉名澧《敦夙好齋詩全集》初編卷三《城南集三》，清光緒十六年葉兆綱刻本。

閏重九日，吴紅生舍人葆晋招集同人，出所藏陳未齋太史乾隆丙子閏重九楚北山亭晚眺，贈其令祖湛山先生詩，徵和。時余尚在途，未獲同吟，抵京後補作次韵

百年九日重逢閏，難得今人似昔閒。爲愛菊花宜晚節，慣携佳客看秋山。結廬綠水蒼葭外，索句

碧雲紅樹間。未齋太史原唱有『縹緲江帆紅樹外，岧嶢仙閣碧雲間』之句應識籠紗珍惜意，幽懷世澤兩相關。

出處：彭藴章《松風閣詩鈔》卷六《花南集》，清同治刻《彭文敬公全集》本。

自丹徒陸行至箄灣泊舟，風雪，不得渡江。揚州吴紅生太守葆晋遣使來迎，詩以代柬

陸行逾鐵瓮，泊舟到江干。江干三日風，白雪飛漫漫。引領望瓜步，遠若蓬萊山。行役已勞苦，况復逼歲闌。篷窗人寂坐，目送江潮寒。邗上有故人，遣使申舊歡。慰余離群感，忘此行路難。旦夕渡江去，樽酒話長安。

出處：彭藴章《松風閣詩鈔》卷十三《朝天集》，清同治刻《彭文敬公全集》本。

喜吴紅生觀察葆晋到京，書贈一首

揚子江頭寄尺書，道光己酉冬，余歸自閩南。君時爲揚州太守，遣使至京江相迓，余有詩奉寄。不覺已十年矣蕪城今感劫灰餘。故鄉烽火身難隱，君家固始被兵，遂携家至淮安舊治避地舊地清淮迹更疏。分手十年懷遠道，掀髯一笑叩吾廬。城南雅集當時事，回首歡踪春夢如。

出處：彭藴章《松風閣詩鈔》卷二十二《苑湖集》，清同治刻《彭文敬公全集》本。

聞清江浦被捻匪竄入，同年淮海道吴紅生葆晋督戰陣亡，詩以哭之

老去常吟哭友詩，烽烟滿地我心悲。可憐淮浦陳兵日，已是睢陽乞救時。明哲幾人皆退守，倉皇一旅獨扶危。大風折纛功難就，留得英名竹帛垂。

出處：彭藴章《松風閣詩鈔》卷二十四《苑湖集》，清同治刻《彭文敬公全集》本。

報罷旋里途中寄懷諸君

雅有延陵季子風，高情肯使酒杯空？一官薊北春雲淡，别墅城南秋蓼紅。入座盡容佳客至，論交能與古狂同。君與龔定庵最相契匆匆怕唱《陽關曲》，《樂府花間》制最工。吴紅生舍人

出處：孔憲彝《對岳樓詩續録》卷一，清咸豐六年刊本。

同蔣湘南、葉世圻、洪齮孫小集吴侍讀葆晋寓齋三章

緑止暄不風，静筵對南郭。皛然天光明，照影玉墀鶴。吾心糾衆勞，得閑且寬拓。况爾同懷朋，華嵩森岝崿。杯漿澄不埃，誰云魯味薄。盎有古蘚香，未忍遽吞嚼。拂烟高柳枝，初蟬響猶弱。誰信塵擾中，有此世外樂。

落日揺萬黍，醉意同模糊。萬黍光如瀾，自慚不能梟。抹閣西山眉，澹影沈疑無。似有山中仙，攜珮遥相呼。諸君當玉堂，我貌烟霞臞。升雲而飲谷，姿格終難誣。所願相勉敦，心以道爲樞。天地有萬載，此會良須臾。主人飄長髯，手擊如意歌。拂落居庸雲，四壁含嵯峨。隔門即大海，一去風揚波。此屋爲蓬萊，俯辨蛟與黿。胡爲月可邀，不種瓊樹柯。豈真屈子心，但宜垂帶蘿。捎眉一翮鴻，瞥若蚊影過。分手各有懷，涕泗吾獨多。

出處：姚燮《復莊詩問》卷二十，清道光姚氏刻《大梅山館集》本。

過吴侍讀葆晋，適與高廣文錫蕃讀余恩縣題壁詩，因用陳氏園林詩五章韵聯句見貽，依韵奉答

短竅泄雌風，羞吹廣座中。聯珠聊附斗，零彩不能虹。馬倦辭卑軛，蠶荒鬬舊叢。願摘荷芰葉，散碧向空濛。

篠廊春作韵，藤樹晝生陰。相對有良友，如何不撫琴。爽宜疏雨過，暗得古香侵。投我南天攬，回甘耐密尋。

客憤愁無劍，吾狂恕不冠。花觚留晚酌，韭餅補春槃。近刹鐘初遞，高城月自寒。鬚眉幸如昔，

莫漫感流湍。
幸脱千戈劫，而從遠道來。亂離餘短裌，涕泣話深杯。佩玦看昏澀，沙風聽莽迴。壁間吾影在，
癯醜不如梅。
遥夜極清凄，吟聲相間低。欲爲天馬嘯，怕警露鴉栖。轍正誇能合，槎孤願引迷。石床松可簟，
拚我醉如泥。
出處：姚燮《復莊詩問》卷二十七，清道光姚氏刻《大梅山館集》本。

吴侍讀葆晋招食香粳粥，酬之以詩

膏繡互炫矜，嗒然性真剥。惟有美人心，淳樸鮮雕斫。門黨相崚嶒，彪然意氣逐。惟有君子交，
澹焉謝華縟。朱門宴王侯，厨品跨大官。炙鶉火煬鼎，濡鯉冰堆槃。懵懵不知辨，殉腹窮其餐。
蔬穀有恒味，轉以遭詆攔。吴公守儒素，享客惡援俗。皓白千琲珠，寒翠井華漉。媵之花猪紅，
佐以蔞笋緑。古芬挹何醞，塵腑愧其濁。我來京洛地，日苦賓筵酬。如中鈎吻蠱，莫釋河魚愁。
忽斟天沆甘，滌我腸與喉。盎盎太和溢，煦煦元氣周。維時午日高，虚窗洞無翳。春鳥鳴在檐，
鄰樹影當袂。清息相吐茹，默爾愜靈契。曠譚絶外縈，微吟入真際。忽感東南區，迭年遭兵荒。
兼以游食多，輜挽無停糧。他鄉得兹味，還令中慨傷。作詩謝吴公，此事應久量。

出處：姚燮《復莊詩問》卷二十七，清道光姚氏刻《大梅山館集》本。

舟中懷都門故人詩三十絶句（其二十七）

蘭佩松髯絶代姿，團蒲跏坐學禪緇。玉川茗碗斜川筆，清到如秋有月知。吴紅生侍讀葆晋

出處：姚燮《復莊詩問》卷二十八，清道光姚氏刻《大梅山館集》本。

十二月十三日，大雪盈尺。翼日，程春海少司農恩澤招吴荷屋榮光、徐星伯松兩前輩，徐廉峰寶善編修，同集吴鴻生葆晋舍人城南高齋。以『林表明霽色』分韵賦詩見示，因成轉韵長句報之

舍人官閣疑山林，司農招我曾登臨。疏簾落日見城郭，地高天遠生秋心。燕臺尺雪頻年少，羽氅齊飛破寒曉。九市喧傳古仙過，一杯凝望浮雲表。可憐伻揣久不成，詩來使我雙眼明。高歌密咏嘆且喜，尺幅中有豐年聲。年豐氣和消百沴，坐看西山放新霽。聖敬格天豈偶然，諸公憂國誠先計。春來莽莽同雲色，似滿畿南接關北。露章馳賀在頃刻，吟望鄉關更遥憶。

出處：祁寯藻《䜱䜭亭集》卷二十二，清咸豐刻本。

吴虹生舍人出示令祖湛園中丞丙子閏重九日與陳味齋浩學使燕集習池詩卷，戴醇士補圖，次韵一首

黄花不解閲塵世，七十七年如等閑。一卷遍題天下士，幾人長似檻前山。秋風秋雨炎凉外，詩祖詩孫輝映間。剩有流傳遺研在，公餘覓句掩柴關。

出處：何紹基《東洲草堂詩鈔》卷八，清同治六年長沙無園刻本。

吴侍郎手札

吴香亭侍郎玉綸有致先伯曾祖耐齋公書云：『三月初五日，接四兄手翰，猥以亡室任夫人葬事重承枉奠，指示周詳，舍其舊而新是阡，繪圖以寄。機祥之説，我不敢知，所慰者平安兩字。向例作碑板文字，不諱言謝，重其事也。豈亡者之體魄賴以封且安而忘之乎？弟與君家素托姻好，自庚子春假省還朝，踪分南北。抵閩後，與諸郎君判袂京華，不得覘所學進境者久矣。已往之光陰如掣電，後生之期望如置郵，想阿翁同此情懷耳。弟邵武試竣，按臨汀州。汀爲牛、女分野，其水南流入於海，出丁位，利科甲，故以汀名郡。閩重形家言，而汀爲甚。諸所見墓門安置，備極精整。前由邵而汀也，在清明之後三日，翠華、蓮峰間，冢上挂紙錢者纍纍矣，頗觸春露秋霜之感。因思《禮經》載

卿以下有圭田,《四牡》之詩曰「不遑將母」,古聖王恩明意美,不啻入其室家,代爲籌畫。予以祭而豐,念其禄之養,皆本至性至情所推及,非以發其天地生成之感,爲奔走公、孤、卿、尹、百執事之具也。然上所以慰勞而逮恩者,既如《禮》與《詩》之詳且至,百爾君子,載馳載驅,自不容一刻緩。所謂士重報禮,忠尤性生者乎！况余奉冰鑒於九重之訓,歷星軺於三載之間,月旦從容,按期蕆事,非若遺大投艱之况瘁也。以視四兄,樂天倫於誦讀,望佳氣以登臨,逸者忘其逸,猶勞者忘其勞也。君子素位而行,易地皆然,要以東坡「若過七十年,便是百四十」之説,思之所得較多,健羨何似。』

按:耐齋公諱熙,别字庶咸,精青烏術,書中故有汀爲牛、女分野一段。紙用桃花箋,凡八葉,每葉六行,爲先資政公所藏。癸丑賊亂,附諸煨燼矣。重讀一過,不禁憮然。

出處:方浚師《蕉軒隨録》卷八,中華書局一九九七年版。

閏重陽日,集家紅生葆晋舍人寓宅,酒後登閣望西山,追和陳紫瀾先生原韵,蓋先生官楚時以贈舍人尊祖者,七十七年矣

孟公楚北重陽社,今日長安復此間。往者尊前逝東水,我來籬下見西山。酒場絶續百年内,花事扶持一月間。誰似前賢才不愧,流傳詩思滿江關。

出處:吴清鵬《笏庵詩鈔》卷八,清咸豐五年刻吴氏一家稿本。